Sie sind noch nie einem echten Engel begegnet? Auch nicht vor Ihrem eigenen Fenster? Vermutlich haben Sie ihn nur nicht erkannt. Engel kommen nicht immer in weißem Gewand und mit Flügeln daher. Manche Engel sind sogar schmutzig. Andere haben gar keine Flügel. Wenn Sie tatsächlich noch keinen getroffen haben, wird es spätestens beim Lesen dieser Geschichten passieren. Sie werden sich wundern.

Wo und wie auch immer jemand auf der Suche nach seiner Weihnachtsstimmung ist, die Chancen stehen gut, dass er sie in diesem Buch findet.

Manche dieser Geschichten eignen sich zum Vorlesen, andere zum Nachdenken und Träumen. In ihnen weht etwas von dem alten Weihnachtszauber, den wir uns gelegentlich zurückwünschen.

Ein Buch, mit dem man es sich an kalten Vorweihnachtsabenden gemütlich machen kann, wenn der Wind um die Häuser unterwegs ist und an den Fensterläden erzählt.

Patricia Koelle ist eine Berliner Autorin mit Leidenschaft fürs Meer – und fürs Schreiben, in dem sie ihr immerwährendes Staunen über das Leben, die Menschen und unseren sagenhaften, unwahrscheinlichen Planeten zum Ausdruck bringt.

Weitere Informationen finden Sie auf www.fischerverlage.de

Patricia Koelle

Ein Engel vor dem Fenster

Wintergeschichten

FISCHER Taschenbuch

MIX
Papier aus verantwortungsvollen Quellen
FSC® C083411
www.fsc.org

Erschienen bei FISCHER Taschenbuch
Frankfurt am Main, November 2017

Satz: Fotosatz Amann, Memmingen
Druck und Bindung: CPI books GmbH, Leck
Printed in Germany
ISBN 978-3-596-29624-8

Ein Engel vor dem Fenster

Julius Puskeppelies konnte nicht mehr schlafen, dabei war es erst halb sieben, und ihm fiel keinerlei Grund ein aufzustehen. Es war die Woche zwischen dem dritten und dem vierten Advent, kurz vor Sonnenwende. Er zweifelte daran, dass die Tage wirklich wieder länger werden sollten, so dunkel war es. Himmel und Erde, Garten und Straße wurden von dem allgegenwärtigen Schwarz verschluckt. Tatsächlich konnte er zurzeit kaum glauben, dass es überhaupt jeden Tag einen Morgen geben würde. Selbst wenn es endlich heller wurde, blieb draußen ein gewichtiges Grau. »Morgen-Grauen!«, sagte Julius laut. Was für ein scheußlicher Ausdruck, dachte er. Seine Stimme schob die Stille nicht beiseite. Das Wort fiel in das Schweigen und zerbarst wie eine Glaskugel auf dem Boden.

Nicht nur die langen Nächte, auch die Kälte hatte das Land schon seit Wochen im Griff, ein trockener Frost ohne Schnee, der mit tonlosem Knirschen in seine Knochen kroch und in den Beeten auch die letzte Rose in eine trostlose braune Mumie verwandelt hatte.

Julius versuchte, sich daran zu erinnern, wie es war, als er noch zur Arbeit ging an solchen frühen Dezembermorgen und auf dem Bahnsteig mit den Kollegen gewartet hatte, bis der Zug kam. Sogar Nachtschicht hatte er geschoben; es hatte ihm nichts ausgemacht. Wann war er so alt geworden? Seit Jenny gestorben war? Das war nun auch schon drei Jahre her.

Ihm selbst unerklärlich, wachte er neuerdings mit dem Eindruck auf, in der Nacht etwas Schreckliches erlebt zu haben. Dazu kam das Gefühl bodenloser Einsamkeit, so als sei er in der Finsternis der einzige Mensch in dem winterlichen Land.

Mit leisem Stöhnen kämpfte er sich aus den Decken, zog sich an. Oben drüber noch seinen ausgeleierten Lieblingspullover, den ihm Jenny vor einer Ewigkeit gestrickt hatte; er spürte immer noch ein wenig Trost darin. Er schlurfte zum Fenster und zog den Vorhang einen Spalt weit auf. Gnadenlose Schwärze, wie immer. Wenigstens hatte Frau Zisselmeyer ihren violettblinkenden Leuchteengel ausgeschaltet, der den Abenden jeden Frieden nahm. Überhaupt, Engel! Julius konnte mit Engeln nichts anfangen. Sie gingen ihm auf die Nerven. Vor allem violette, blinkende. Aber auch die ewig blonden, belockten, federgeflügelten im weißen Wallegewand, die mit aufgerissenen Puppenaugen von Einkaufstüten und Baumspitzen aus Schaufenstern und Weihnachtskarten spähten.

Seine Jenny mit ihrem schwarzen glatten Pagenschnitt, ihren moordunklen Augen und ihrer damals gar nicht zeitgemäßen Vorliebe für kurze Hosen: Das war ein Engel gewesen! Aber davon hatte es nur einen gegeben.

Julius schaltete den Fernseher ein, um die Stille zu verjagen. »Streichkäse, leicht und luftig wie Engelsflaum. Himmlisch!«, juchzte eine grelle Frauenstimme scharf durch den Raum, während sich vor einem postkartenblauen Himmel langbeinige, halbnackte, beflügelte Blondinen lasziv und mit vollem Mund kauend auf watteweichen Wolken räkelten, als wäre der richtige Frischkäse der Schlüssel zum Glück. Hastig drückte Julius den Knopf erneut und setzte Teewasser auf. Das Gluckern des Kessels lockerte das wiedergekehrte Schweigen ein wenig.

Der Spalt in der Gardine war offen geblieben. Draußen lag der Rasen leer im müden Schein der einen Gaslaterne. Wo waren sie denn, die trostbringenden himmlischen Heerscharen?

Alle mit Käseessen im Werbestudio beschäftigt?

Jenny hatte Kitschengel auch nicht gemocht. Sie schmückte das Haus mit Tannenzweigen, Beeren und Blättern. »Engel kommen vom Himmel, nicht aus der Fabrik«, hatte sie gesagt. Aber eines hatten sie immer gemacht, bis Jenny mit siebzig nicht mehr gut laufen konnte: Schneeengelsilhouetten. Denn der Schnee kam ja vom Himmel.

Sie waren als Nachbarskinder aufgewachsen. Wenn es schneite, war Jenny im Garten, schmiss sich rücklings hin und tat, was alle Kinder damals taten: Sie bewegte die Beine und die Arme auseinander und zusammen und stand dann ganz vorsichtig auf. So blieb der deutliche Umriss eines Engels im Schnee zurück, und Jenny wiederholte das, bis die ganze Wiese voller Engel war. Sie verlangte von Julius, dass er ihr half. Nur: Jenny konnte nie warten, bis genug Schnee lag. Schon bei der ersten dünnen Schicht auf dem Boden war sie nicht zu halten. Und wenn sie dann aufstand, waren ihre Jacke und ihre Hosen hinten voll schwarzer Erde, und auch die Engelsilhouetten waren nicht gerade engelhaft weiß. »Engel sind nicht immer weiß«, sagte Jenny zufrieden. »Hauptsache, es sind Engel, und sie kommen von oben.«

Aber es hatte seit Jahren keine weißen Weihnachten mehr gegeben, und die Wiese kannte Jennys Schritte schon lange nicht mehr.

Nicht einmal Sterne waren zu sehen; die Wolken hingen tief. Julius hatte plötzlich das Gefühl, das Schweigen verdichte sich zu Watte, die ihn erstickte. Er öffnete das Fenster, atmete tief. Plötzlich zuckte er zusammen. Irgendetwas Dunkles segelte steil von oben herab. Er dachte zunächst, der eisige Nordwind habe einen Fetzen Dachpappe heruntergeweht.

Doch dann sah er eine Bewegung, einen Flügelschlag in der trockenen Brombeere an der Hauswand, genau in seiner Augenhöhe. Im schwachen Lichtecho der Gaslaterne glänzte etwas: Ein Blick traf seinen, aus moordunklen Augen.

Die Amsel begann zu singen. Klare, süße Flötentöne tröpfelten erst leise, dann leidenschaftlich aus dem toten Gestrüpp, schlichen in Julius' Ohren und trafen von dort pfeilgerade seine Seele. Sie stahlen das Dunkel aus der Nacht und die Angst aus Julius und stiegen weiter in den Himmel, wo sich, wie von ihnen gerufen, das erste goldene Schimmern über den Horizont hob.

Wann hatte er zum letzten Mal einen Vogel singen gehört? Im Mai, die Blaumeisen? Nein, im Juni war es, die Nachtigall im Birnbaum. Danach gab es nur hin und wieder ein empörtes Tschilpen, wenn sich die Spatzen um Abfall balgten.

Und nun, mitten im Dezember, in der dunkelsten

Zeit, in Dauerfrost und Nordwind, sang ihm eine Amsel.

Er wagte nicht, sich zu rühren, verharrte beglückt in der Kälte und sah den kurzen Tag aus einem Leuchten geboren werden. Fast zehn Minuten dauerte das schlichte und doch zauberhaft verschlungene Lied, schwebte fast sichtbar zwischen ihm und dem unverhofften Besuch, ehe der Vogel verstummte, eine schwarze Feder glättend durch den Schnabel zog und in die Dämmerung aufflog.

Julius schloss das Fenster und schenkte Tee ein. Wie der dampfte und duftete – jederzeit Grund genug aufzustehen, dachte er und atmete tief ein. Der Geruch vermischte sich heiter und wärmend mit den Tönen, die tief in ihm noch zärtlich umhertrieben.

»Engel sind nicht immer weiß«, fiel ihm ein. »Aber sie kommen von oben.«

In den nächsten Tagen konnte er sich darauf verlassen, dass die Amsel ihn mit den Morgen nicht allein ließ. Sie saß mal in der Brombeere, mal in der alten Weide, mal oben auf der Kiefer und schreckte auch vor der Mülltonne nicht zurück. Immer rief sie das Licht hervor, das Versprechen eines Tages, und am Samstag vor dem dritten Advent brachte sie zwei Gefährten mit. Aus drei Richtungen sangen sie im Chor. Julius war froh, dass die Dunkelheit zögerte, als wolle auch sie lauschen, denn Frau Zisselmeyer von der anderen Straßenseite sollte seine Tränen nicht sehen.

Als sich am vierten Advent der Zeitungsbote pünktlich um sieben dick vermummt auf seinem Fahrrad gegen das erste zögernde Schneetreiben des Jahres die Straße entlangkämpfte, sah er etwas, das ihn aus seinem Rhythmus brachte. Herr Puskeppelies aus Nummer neun saß bei minus fünf Grad im Stockdunkeln, in eine Decke gewickelt und mit einer Mütze über die Ohren gezogen, auf der Treppe seiner Veranda, eine dampfende Teetasse und ein Brötchen in der Hand.

»Guten Morgen, Herr Puskeppelies!«, rief der Bote. »Ist alles in Ordnung mit Ihnen? Was machen Sie da?«

»Guten Morgen!«, tönte es zurück. »Es ist alles gut. Ich frühstücke mit den Engeln!«

In der Stimme lag ein Schmunzeln, also war wohl nichts Schlimmes, dachte der Postbote, schade nur, dass alte Leute so wunderlich werden.

Wäre er dieselbe Strecke zurückgefahren, hätte er etwas gesehen, das ihn noch mehr in Erstaunen versetzt hätte.

Im verhaltenen Glanz der Winterdämmerung legte der alte Herr Puskeppelies sich unter den Birnbaum, bewegte die Arme und Beine, stand mühsam wieder auf und wiederholte den Vorgang an einer anderen Stelle, während oben in den kahlen knorrigen Ästen eine Amsel sang, als sei es Frühling.

Als der Morgen ganz angekommen war, umringte den Baum ein Kranz aus Engelsilhouetten in der dünnen Schneedecke. Sie waren nicht ganz weiß, genau wie Herr Puskeppelies von hinten. Er verschwand zufrieden im Haus, um den Tag zu beginnen, der heute zum ersten Mal wieder ein wenig länger sein würde.

Cafékalender

Die Frau starrte seit vierzig Minuten die Weihnachtskrippe auf der Kuchentheke an, während das Stück Sahnetorte auf ihrem Teller langsam trocknete. Gelegentlich zog sie graue Luft aus einer Zigarette. Egal, wie geduldig er zu ihr hinübersah, er konnte ihren Blick nicht auffangen.

Das Einkaufszentrum war eine gleißende Insel mitten im Rauschen des Berufsverkehrs. Paul Kiewitz saß in der Eingangshalle im Café Bali und staunte. Seit er nur noch Teilzeit arbeitete, entdeckte er ganz neue Dinge in seiner Welt.

Bisher waren seine Tage im Büro gefangen gewesen, und die knappen Feierabende hatte er dankbar mit seiner Frau auf dem Sofa oder im Garten verbracht. Sicher, sie waren auch mal bummeln gegangen, waren Hand in Hand durch weiche Sommernächte geschlendert und hatten in erleuchtete Schaufensterscheiben geblickt, ohne ernst zu nehmen, was dahinter lag. Jetzt, da seine Rente immer näher rückte, hatte er zum ersten Mal

Zeit, nur mittendrin zu sitzen und zu beobachten, was der Alltag durch die Stadt spülte.

Genau genommen war es nicht der Alltag. In dreieinhalb Wochen war Weihnachten, darum huschte die doppelte Menge Menschen durch die Läden. Schwere goldfarbene Kugelketten und erschreckend riesige rote Samtschleifen schmückten Deckengewölbe und Eingangstüren. Wer nicht aufpasste, stieß gegen einen der Weihnachtsbäume, die so zahlreich herumstanden. Doch die Stimmung war erwartungsvoll. Die Kinder zeigten lachend und aufgeregt auf den Teddy, der in einer liebevoll dekorierten künstlichen Schneelandschaft schlief. Die Erwachsenen zeterten nicht wie sonst, wenn sie sich im Gedränge anrempelten, sondern lächelten sich entschuldigend zu. Mit ihren schweren Tüten gingen sie sorgfältig um, da sie darin die Freude trugen, die sie jemandem machen würden.

Völlig anders, stellte Paul fest, war es im Café Bali, obwohl keine Wände es von den fröhlichen Einkäufern trennten. Deren geschäftiger Strom floss zu beiden Seiten an den sauber gedeckten Tischen vorbei, die mitten in der Halle unter drei riesigen Palmen standen. Die geschwungenen Stämme der Palmen waren eng mit zarten Lichterketten umwickelt. Darüber spannte sich ein Glasdach, auf dem die Abenddämmerung lag.

Ein schöner Anblick, fand Paul, und auch einige Vorübereilende hielten einen Augenblick inne und blickten andächtig nach oben.

Nicht aber die weißhaarige Frau mit dem angetrockneten Tortenstück. Und auch die meisten anderen Gäste nicht, die an den Tischen saßen wie gefroren. Sie wirkten, als rührten sie ratlose Zeit und klebrige Einsamkeit in ihren Kaffee in der Hoffnung, sie würden darin verschwinden. Viele saßen allein am Tisch, Männer und Frauen jeden Alters. Manche waren auch mit Bekannten da, doch die Männer warfen sich ihr Schweigen gegenseitig zu, während das Kichern der Frauen sich über ihre Traurigkeit legte wie Parfüm über Schweißgeruch. Ein Weihnachtsglänzen war in keinem Auge zu entdecken.

Paul schüttelte den Kopf; es berührte ihn gespenstisch. Dabei war die Zimt-Quark-Torte ausgesprochen lecker. Ebenso der alkoholfreie Cocktail mit der pfiffigen Sterndekoration aus Früchten.

Auf die engelsgleiche Verkäuferin mit der glitzernden Weihnachtszipfelmütze schien die Stimmung ihrer Gäste abgefärbt zu haben. Vielleicht war sie auch nur erschöpft. Der mürrische Ausdruck, mit dem sie Espresso servierte, widersprach ihrer Verkleidung. Das Namensschild auf ihrer Bluse erzählte, dass sie Christina hieß. »Immerhin«, dachte Paul, »passt doch!«

»Bringen Sie mir bitte die Rechnung«, bat er und schenkte ihr sein bestes Lächeln. »Und schreiben Sie bitte den Kaffee und die Torte mit darauf, die die weißhaarige Frau an dem Tisch neben der Kuchentheke hatte. Aber sagen Sie ihr keinesfalls, wer das bezahlt hat.«

»Wieso?« In Christinas Augen wachte zum ersten Mal Interesse an etwas auf. »Kennen Sie sie?«

»Nein. Es soll nur eine kleine Überraschung sein. Ich finde, sie kann etwas Aufheiterung gebrauchen.«

Christina musterte die Frau, als hätte die sich eben erst hingesetzt. »Kann schon sein.«

»Ach, und servieren Sie ihr bitte auch noch so einen wunderbaren Bali Wintertraum Spezial«, sagte Paul und wies auf sein leeres Glas.

»Auch auf Ihre Rechnung?«

»Ja, wenn Sie so lieb wären.«

Verwundert huschte Christina davon und kam kurz darauf mit der Rechnung und einem Karamellbonbon wieder.

»Die wird sich aber ganz schön wundern«, sagte sie noch, als sie das Trinkgeld einsteckte.

»Ich hoffe, sie wird sich auch freuen«, sagte Paul und schlüpfte in seinen Mantel. Er freute sich auf seine Frau und sein Sofa.

»Sie möchten schon gehen? Wollen Sie denn nicht …«

»Was?«

Christina wurde rot. »Ich dachte, Sie wollen noch sehen, ob ich ihr den Drink wirklich bringe und nicht noch mal abkassiere. Ich meine, das wissen Sie doch sonst gar nicht.«

»Sie heißen Christina und tragen eine Weihnachtsmannmütze«, sagte Paul. »Ich vertraue Ihnen.« Er lächelte sie an und ging, ohne sich umzudrehen.

»Donnerwetter!«, sagte Christina zu dem leeren Kuchenteller. Dann ging sie den Cocktail mixen.

Paul war zwei Tage später wieder im Einkaufszentrum. Ohne dass er es wollte, blieb er erneut im Café Bali hängen. Warum sollte er sich nicht so einen guten Espresso gönnen oder einen Cappuccino? Er brauchte doch kein schlechtes Gewissen zu haben. Seine Frau war noch nicht zu Hause, und er musste sich daran gewöhnen, Zeit zu haben.

Ehe er sich einen Stuhl zurechtgerückt hatte, kam schon Christina auf ihn zugeeilt. »Stellen Sie sich vor«, berichtete sie atemlos, »sie hat geweint!«

»Geweint?«, fragte er erschrocken.

»Ja, die Frau für die Sie bezahlt haben. Vor Freude. Sie sagte, sie kann sich nicht erinnern, wann ihr das letzte Mal jemand was geschenkt hat. Und dann auch noch ein völlig Fremder. Sie sah plötzlich ganz anders aus. Voller Lachfalten.« Christina gestikulierte um ihr junges Gesicht, als könne sie die Falten, die sie so beeindruckt hatten, darauf legen. »Und den Cocktail hat sie ganz ausgetrunken.«

Paul sagte nicht, dass er auch Christina kaum wiedererkannte, so lebendig war sie jetzt. »Das ist schön. Bringen Sie mir bitte einen Cappuccino?«

»Klar. Und ich soll Sie grüßen. Von der Frau. Sie sagte, sie wird so was auch mal machen. Übrigens, an dem Tag hat mir der Job auch endlich mal wieder Spaß gemacht.«

Paul sah gedankenverloren an den Palmen hinauf, an welchen sich die kleinen Lichter in den Himmel schraubten. Statt Kokosnüssen hingen große goldene Schneeflocken in den Wipfeln, und irgendwo darüber blinzelten die echten Sterne zwischen den Blättern durch das Glasdach. Er hatte nicht gedacht, dass seine kleine Geste einen solchen Effekt haben würde.

»Können wir das nicht noch mal machen?«, fragte Christina verschwörerisch leise, als sie ihm den Cappuccino hinstellte. »Da sitzt nämlich so ein junger Mann. Neben dem Plastiknikolaus. Er sieht genauso aus wie die Frau von neulich.«

Paul bezweifelte das, aber als er sich unauffällig umdrehte, stellte er fest, dass sie recht hatte. Dem Mann war derselbe einsame und traurige Ausdruck eigen, so als hätte er sich hoffnungslos in seinen Gedanken verlaufen und als wiege die Stunde mehr, als er tragen konnte.

»Er sitzt da schon ewig und hat bloß einen Kaffee bestellt«, sagte Christina sorgenvoll.

»Na gut«, sagte Paul zögernd. Der Gedanke, unter den vielen Gästen des Cafés eine vielleicht ungerechte Auswahl zu treffen, bedrückte ihn auf einmal.

Doch Christinas Augen leuchteten. »Einmal Bali Wintertraum Spezial? Ich habe auch das Rezept verbessert.«

»In Ordnung«, sagte er. »Schon weil Sie heute strahlen wie das Christkind.«

Diesmal blieb Paul sitzen. Er drehte sich nicht mehr zu dem Mann um, aber er beobachtete dessen helle Verblüffung in der gegenüberliegenden Schaufensterscheibe, in der sich alles gleich doppelt spiegelte. Nachdem Christina ihm den Drink serviert hatte, sah er sich ungläubig und suchend um. Dann setzte er sich ganz gerade hin, als sei die Schwere um ihn verflogen, und ein Lächeln schlich auf sein Gesicht. Andächtig trank er Schluck für Schluck das bunt geschmückte Glas aus.

Von da an wurde das zur lieben Gewohnheit für Paul.

Sein täglicher Spaziergang führte ihn nicht mehr quer durch den Park, sondern direkt ins Café Bali, wo Christina wartete. Meist hatte sie schon jemanden ausgeguckt, von dem sie fand, dieser Mensch hätte eine Überraschung nötig. Einmal konnte sie sich zwischen zweien nicht entscheiden, und Paul auch nicht, so dass Christina selbst eine der beiden Rechnungen übernahm.

Es war wie ein Adventskalender, der die Vorweihnachtszeit bunter und spannender machte.

Einmal stellte Christina ihr Tablett hin und setzte sich zu Paul an den Tisch. »Jetzt bekommen Sie auch mal einen Cappuccino umsonst«, sagte sie. »Was ich schon lange mal fragen wollte: Wie sind Sie eigentlich darauf gekommen, für jemand völlig Unbekannten heimlich die Rechnung zu übernehmen?«

»Das ist … warten Sie … vierundvierzig Jahre her.« Paul nahm einen tiefen Schluck und lächelte über das Bild, das ihm die alte Erinnerung brachte. »Ich war siebzehn und mit einem Freund unterwegs. Wir hatten beide Liebeskummer, blieben spätabends in irgendeinem zweifelhaften Café hängen, obwohl wir längst hätten zu Hause sein sollen, und philosophierten schwermütig über Beziehungen und die Unverständlichkeit des Lebens im Allgemeinen. Dabei aßen wir Spaghetti, tranken Bier und verdrückten noch zwei Eisbecher, die wir uns überhaupt nicht leisten konnten.«

Paul drehte gedankenverloren die Blumenvase auf dem Tisch hin und her.

»Als wir etwas bang um die Rechnung baten, sagte uns die Kellnerin, dass die schon bezahlt sei. ›Von wem denn?‹, fragten wir entgeistert. ›Von dem älteren Mann, der die ganze Zeit an der Theke gesessen hat‹, sagte sie und zeigte mit dem Daumen über ihre Schulter. Doch da saß niemand mehr, nur der Barhocker schien sich noch ein wenig zu drehen.«

»Haben Sie je herausgefunden, wer das war?«

»Nein. Aber es ging uns an jenem Abend plötzlich viel besser. Die Welt konnte doch nicht so verständnislos und verwirrend sein, wenn ein völlig Unbekannter uns ohne jeden Grund eine Freude machte. Es war, als hätte er uns zu verstehen gegeben: ›Macht euch keine Sorgen, Jungs, ihr seid schon ganz in Ordnung, so wie ihr seid.‹«

»Und das haben Sie bis heute nicht vergessen!«, sagte Christina beeindruckt. »Das bedeutet doch, dass vielleicht einige, die Sie in den letzten Tagen überrascht haben, da auch in vierzig Jahren noch dran denken werden. Das ist nur bei wenigen Geschenken so. Das ist was Besonderes.«

So hatte er es noch nicht gesehen. Aber es machte ihn zufrieden.

Am Tag vor Weihnachten fragte sie ihn: »Können wir das nicht im Januar weiter so machen?«

»Nein. Irgendwann spricht es sich herum. Dann kommen die Leute her in der Erwartung, dass sie nicht bezahlen müssen, und sind ärgerlich und enttäuscht, dass es nicht so ist. Es muss eine Ausnahme bleiben. Ein Adventskalender ist auch an Weihnachten zu Ende.«

»Verstehe«, sagte Christina traurig. Doch dann kam ihr Lächeln zurück. »Vielleicht nächstes Jahr wieder?«

»Ja«, sagte Paul, »vielleicht nächstes Jahr wieder.«

Wenn Weihnachten einen Haken hat

Überrascht blieb Fips stehen. Was für ein merkwürdiger Anblick! Oder träumte er?

Er spazierte glücklich, einsam und ungestört am Fluss entlang, hüpfte dabei über den einen oder anderen Baumschatten, den die Gaslaternen auf den frischen Pulverschnee warfen, obwohl sein Rucksack schwer wog. Eine Flasche Brombeerwein war darin, von seinem Großvater persönlich zusammengebraut, Plätzchen von der Oma und eine dicke Kerze für Lisa, die Gastgeberin. Die Stadt schwieg, denn es war Heiligabend. Nur das Wasser gluckerte dunkel unter dem Eis. Wie Puzzlestücke waren die Schollen zusammengefroren. Fips hatte es nicht eilig, zu Lisas Weihnachtsparty zu kommen. Es würde sein, wie Treffen von Studenten immer waren: unverbindlich lustig. Man kannte sich kaum und würde sich nicht besser kennen, wenn man wieder auseinanderging. Sicher, ein paar engere Freunde waren wohl auch dort. Und Enno machte diesen wunderbaren feurigen Hackbraten. Auf Conny freute er sich auch. Vielleicht trug sie zur Feier des Tages das blaue Samtkleid. Aber ob es einen Weihnachtsbaum geben würde, war nicht sicher. Fips formte einen Schneeball, warf ihn an den Stamm einer Kiefer und malte mit dem Finger ein Gesicht hinein. Die Weihnachtsbäume seiner Kindheit würde ohnehin niemand hinbekommen. Nur zarte Strohsterne und Kugeln, durchsichtig wie Seifenblasen, ein klein wenig Lametta und ein paar geschnitzte Holzfiguren. Echte Äpfel. Und der Duft, der in den Zweigen hing, fast als könnte man ihn sehen, wie Spinnweben.

Als er weiterging, entdeckte er den Mann. Gebeugt saß er im Schnee auf der Böschung, in einen langen Mantel gehüllt, und starrte auf den Fluss. Neben ihm steckte eine Angel in einem Schneehaufen. Fips wusste, dass es Angler gab, die ein Loch ins Eis bohrten und im Winter die besten Fische herausholten. Doch die saßen für gewöhnlich nicht an Heiligabend spätabends um einundzwanzig Uhr am Wasser. Und vor allem nicht, wenn gar kein Loch im Eis war. Die helle Fläche war undurchbrochen, und der Haken baumelte wurmlos wenige Zentimeter darüber. Fips blieb stehen.

»Frohe Weihnachten! Kann ich Ihnen helfen?«

Der Mann zuckte zusammen und schüttelte stumm den Kopf, ohne aufzublicken.

Doch Fips' Neugier war geweckt. So war er schon als Junge gewesen. »Der steckt seine Nase aber auch überall rein, wo's ihn nix angeht«, hatte seine Oma gesagt. »Hat er von mir«, meinte Fips' Vater dann stolz. Das mochte stimmen. Deswegen waren seine Eltern jetzt auch mal wieder auf Forschungsreise in Argentinien, und er musste sich dieses Jahr mit einer Studentenparty begnügen, wenn er nicht allein sein wollte. Der große, dürre Mann im Mantel erinnerte Fips ein wenig an seinen Vater. Nur hätte der niemals so stillgesessen.

»Was angeln Sie denn?«

»Offenbar nichts.«

Fips konnte nicht anders, er setzte sich neben den Fremden, auf die andere Seite der Angel. Er streckte die Hand aus. »Ich bin Fips.«

Zum ersten Mal wandte der Mann den Kopf. Fips schätzte ihn auf etwa sechzig. Vielleicht nicht ganz. Er hatte freundliche Augen, in denen ein schwerer Ernst lag. Zögernd erwiderte er den Händedruck. »Franz Oversiek.«

Fips blieb sitzen. Eine Weile schwiegen sie gemeinsam. In der Ferne klangen Glocken, dann senkte sich wieder Stille auf sie herab. Schön friedlich war es hier, nur kalt von unten. Am anderen Ufer schlief ein Hausboot unter einer Weide, die Scheiben blind vom Frost.

Fips stellte sich vor, wie im Frühling, wenn die hängenden Zweige hellgrüne Zukunft trieben, ein Künstler oder Dichter das Boot wieder zum Leben erwecken und darauf den Sommer verbringen würde.

»Ich bin nicht verrückt«, sagte Franz Oversiek plötzlich. Von der Weide fielen kleine Schneeklumpen und plumpsten auf den Fluss, als wären es seine Worte gewesen. »Ich bin Arzt. Chirurg. Im Sommer angle ich zur Entspannung. Fische natürlich.«

Fips wartete.

Franz lachte leise auf. »Heute hatte ich das Gefühl, die Angel würde mir beim Denken helfen. Ich bin auf der Suche nach weihnachtlichen Gedanken. Aber es beißen keine an. Am Nachmittag ist mir ein junger Mann auf dem Tisch geblieben. Ungefähr so alt wie Sie. Motorradunfall. Wir waren fast mit der Operation fertig. Dann Herzstillstand. Hilflosigkeit. Ende.« Franz fuhr sich durch die grauen Haare. »Nicht das erste Mal. Auch nicht das letzte. Aber es ist Heiligabend. Das ist anders.« Er starrte weiter auf die Angel, die bewegungslos in der Frostnacht hing. »Und zu Hause wartet auch niemand«, fügte er hinzu. »Meine Frau ist nicht mit meinem Schichtdienst zurechtgekommen. Mit den Überstunden. Wir haben uns nebeneinander vergessen. Dann ging sie. Ist lange her.«

»Hmmm.« Fips kramte in seinem Rucksack. »Ohne Köder werden Sie wohl auch nichts fangen.«

»Wie bitte?«

»Haben Sie schon einmal mit einem nackten Haken einen Fisch gefangen? Was soll daran einen weihnachtlichen Gedanken anlocken?« Er öffnete die Tüte mit den Plätzchen, die dabei vergnügt knisterte, und nahm einen Stern heraus, der nach Zimt duftete und mit goldgelbem Guss bestrichen war. Er hatte Augen aus Schokoladenstückchen und einen lachenden Mund aus bunten Zuckerperlen. Mit dem Draht, der die Tüte verschlossen hatte, befestigte Fips den Stern an der Angel. »So«, sagte er zufrieden. »Nun wollen wir mal sehen, was wir fangen.«

»Haben Sie nichts Besseres zu tun?«

»Später. Erst könnte auch ich ein oder zwei weihnachtliche Gedanken gebrauchen. Das heißt, einer überfiel mich schon auf dem Weg.« Er erzählte Franz von den Weihnachtsbäumen seiner Kindheit und hielt ihm dabei die Plätzchentüte hin. Der nahm geistesabwesend einen Engel heraus. Fips kostete einen Mond.

Während Franz in ein erstaunlich großes Taschentuch schnäuzte, nutzte Fips die Gelegenheit, die Schnur der Angel anzutippen. Wind gab es heute nicht. Dann stupste er Franz mit den Ellenbogen in die Seite.

»Bei Ihnen hat was angebissen!«

Franz schüttelte nur den Kopf. »Netter Versuch. Lassen wir das lieber. Sie holen sich bloß noch was weg.«

Doch Fips beugte sich vor und starrte mit zusammengekniffenen Augen auf den Keks an der Angel. »Ich seh es aber genau«, beharrte er. »Die Frau, der Sie vor sehr vielen Jahren den Blinddarm rausgenommen haben, ganz kurz vor dem Durchbruch. Es war eine schwierige Operation, aber genau an Heiligabend konnten Sie sie gesund nach Hause entlassen, zu ihren Kindern. Sie ist später mit ihren Kindern zu Ihnen gekommen und hat sich bedankt. Mit selbstgebackenen Plätzchen.«

Franz hatte sich zum ersten Mal gerade hingesetzt und starrte Fips verblüfft an. »Sind Sie Hellseher?«

Fips' Lachen sprang hell über das Eis wie flache Kieselsteine über das Wasser im Sommer. »Nee. Mathematiker. Wahrscheinlichkeitsrechnung. Junge Chirurgen nehmen doch immerzu Blinddärme raus.«

Franz lächelte jetzt vor sich hin. »Tatsächlich. Frau Goverdina. Eine wunderbare Familie hat sie. Sieben Kinder. Nicht auszudenken, wenn sie … Ihre Kekse waren fast so gut wie diese hier.«

»Die machen aber Durst«, stellte Fips fest und holte die Flasche Brombeerwein heraus. »Haben Sie ein Taschenmesser?«

Franz griff in seine Tasche und reichte ihm wortlos etwas Längliches.

»Ist das ein Skalpell?«

»Ja. Das geht auch. Aber geben Sie lieber her.« Er bohrte eine Weile behutsam im Korken herum und zog ihn schließlich triumphierend heraus.

»Gläser hab ich nicht«, entschuldigte sich Fips.

»Macht nichts. Wir sind ja, dem Himmel sei Dank, nicht im OP. Es muss nicht das ganze Leben steril sein. Darf ich?«

Fips nickte. Franz nahm einen tiefen Schluck, bevor er Fips die Flasche reichte. »Mhmmm«, sagte er erstaunt. »Dieser Geschmack ist allerdings feiertäglich.«

»Hat mein Opa gemacht«, erklärte Fips. »An dem Friesenhaus, in dem er wohnt, wächst ein Brombeerstrauch um die Tür herum. Jeden Herbst muss der Durchgang neu freigeschnitten werden. Im Frühling liegt eine Wolke weißer Blüten darum wie Schnee, und im Sommer hängt eine Fülle blauschwarzer Früchte vom Dach bis zum Boden, während die neuen Ranken für das nächste Jahr sich schon über das Reet zum First aufmachen.« Fips kostete ebenfalls und reichte die Flasche zurück.

Plötzlich kam ein leichter Wind auf und ließ den Angelhaken schwanken.

»So sehe ich diese Stadt hier manchmal – wie den Brombeerstrauch«, fuhr Fips fort. »Die Stadt kann einen Menschen umranken, bis er nicht mehr zu sich selbst durchkommt. Dieselbe Stadt treibt aber auch eine Menge erstaunlicher Blüten und ist so voller Licht, dass man nicht weiß, wo man zuerst hinsehen soll.«

Er kramte im Rucksack, während er weiterredete, holte die dicke, rote Kerze heraus, stellte sie in den Schnee und zündete sie an. Die kleine Flamme flackerte tapfer der Kälte entgegen.

»Ein Tag beginnt hier frühmorgens klein und grün wie die Brombeeren, schwillt mit dem Sonnenstand an, füllt sich fast unverschämt mit Leben und einzelnen Begegnungen, so wie die reife Beere verlockend zu duften beginnt und sich aus immer mehr Perlen zusammensetzt, und endet mit einem dunklen, geheimnisvollen Geschmack und einem rätselhaften, matten Glanz. Manchmal stößt man unerwartet auf eine Made, manchmal verblüfft einen das Aroma und macht süchtig nach mehr.«

Fips reichte Franz noch einen Keks.

»Währenddessen wächst die Stadt um einen, breitet sich aus und reckt sich in die Höhe, schlingt unkontrolliert Wurzeln überallhin in tiefer Lebendigkeit. Ja, und wenn man eine reife Beere nicht beachtet, fällt sie einem irgendwann auf die Füße und hinterlässt Flecken, die nicht zu entfernen sind. Wie das Leben hier, wenn es gelegentlich schneller oder wacher ist als man selbst. Aber es ist großartig und schmeckt wie Opas Brombeerwein.«

Franz hatte schweigend zugehört und versonnen einen Kometen verzehrt.

»Das war allerdings kein weihnachtlicher Gedanke«, sagte Fips entschuldigend. »Der gilt eigentlich nicht. Aber es war der erste, der vorbeikam.«

»Doch«, widersprach Franz. »Er war grün, und Grün ist weihnachtlich. Außerdem gefällt er mir.«

»Dann sind Sie jetzt dran.«

»Mir will nichts einfallen. Nur Listen schwirren in meinen Gedanken herum, Anträge, Formulare, die tägliche Bürokratie, die mich in den Wahnsinn treibt.«

»O nein. Der hat nicht angebissen. Der ist gleich weitergeflogen und flussabwärts verschwunden«, sagte Fips und zeigte auf die Angelschnur, die wieder ruhig hing. »Sehen Sie in die Kerzenflamme. Dann wird schon was auftauchen.«

Eine angenehme Weile schwiegen sie ins Licht. »Das Lächeln meiner Frau«, sagte Franz schließlich. »Aber gilt das noch? Es ist vorbei.«

»Nun, es ist nicht vorbei. Es ist nur woanders«, meinte Fips. »Außerdem gibt es noch mehr Lächeln. Was ist mit den vielen Krankenschwestern? Lächelt da keine für Sie?«

Franz hob eine abwehrende Hand. »Das ist nichts für mich, das Arzt-Krankenschwester-Ding. Und es ist auch kein Lächeln dabei, das passt.«

»Und was ist mit der Frau an dem Kiosk, wo Sie nach Feierabend Ihre Currywurst essen?«

»Woher wissen Sie …? Ach so, wieder Wahrscheinlichkeitsrechnung?«

Fips stellte die Flasche in den Schnee. »Es gibt doch immer einen Kiosk, wo wir uns eine Currywurst holen.«

»Sie hat ein Lächeln, das passen könnte«, gab Franz zu, während ihm selbst erneut eins um die Mundwinkel huschte.

Am anderen Ufer zog ein Schwan den Kopf aus dem Gefieder, sah zu ihnen herüber, stieß wie zum Gruß einen leisen Trompetenton aus und schlief wieder ein.

»Und Sie?«, fragte Franz. »An wessen Lächeln denken Sie gerade?«

»Sieht man das?«

»Wahrscheinlichkeitsrechnung«, sagte Franz verschmitzt und griff nach dem Rest Brombeerwein.

»Conny. Vielleicht trägt sie heute das blaue Samtkleid.« Fips merkte plötzlich, dass da seit irgendwann viel mehr war als die gewohnte alltägliche Vorfreude.

Ein helles Kribbeln, ein leuchtendes Zittern, ein stiller Jubel. »Wissen Sie was? Ihre Angel hat mir klargemacht, dass ich verliebt bin! So richtig und ganz besonders. Ich hatte vorher noch gar keine Zeit, darüber nachzudenken.«

»Das freut mich«, sagte Franz. Das Lächeln war an ihm hängengeblieben. Ganz anders wirkte er jetzt als die zusammengefallene Silhouette, die am Beginn des Abends Fips' Besorgnis erregt hatte. »Mir ist auch etwas klargeworden.«

»Jetzt bin ich aber neugierig.«

»Gibt es noch ein Plätzchen?«

»Zwei.«

Fips reichte Franz ein rotweißes Herz, nahm sich die übriggebliebene schokoladenbraune Gans und steckte die leere Tüte und die Flasche wieder ein.

»So ein unerwarteter Augenblick wie dieser«, sagte Franz etwas undeutlich durch die Krümel hindurch, »ist ebenso großartig wie Ihr Brombeerstrauch. Er wiegt die anderen Dinge auf. Die Winterstille am Wasser, der nächtliche Ruf eines Vogels, ein Geschmack von Sommer auf der Zunge, der Gedanke an ein vergangenes, aber liebes Lächeln, das Gespräch mit einem Fremden. Selbst der Tod wird weniger erschreckend in Gegenwart all dieser Dinge, und um die Hoffnung wiederzufinden, braucht man manchmal nur einen Angelhaken.«

»Und einen Köder«, beharrte Fips.

Im diesem Moment begann der Haken an der Schnur sich zu bewegen. Der Stern, der daran hing, schwang hin und her, obwohl keinerlei Wind zu spüren war. Verblüfft starrten die beiden Männer darauf.

Franz horchte auf. »Haben Sie das auch gehört?«

»Es klang wie … eine leise Glocke.«

»Ohne Zweifel«, bestätigte Franz. »Haben Sie dafür auch eine Wahrscheinlichkeitsrechnung?«

Fips hatte keine Worte und sah zum Himmel auf, wo auch die Sterne schwiegen.

»Und nun gehen Sie zu ihrer Conny«, drängte Franz. »Herzlichen Dank für die Weihnachtsgeschenke!«

»Soll ich Sie noch nach Hause begleiten?« Fips schulterte den leicht gewordenen Rucksack.

»Nicht nötig. Ich wohne gleich hier.« Franz wies mit dem Daumen über seine Schulter, wo auf der anderen Straßenseite ein altes Haus still und mit geschlossenen Läden im Schein der Gaslaternen wartete. »Ich möchte noch einen Augenblick hierbleiben.«

An der Ecke wandte sich Fips noch einmal um. Ganz leise glaubte er das Echo einer unsichtbaren Glocke zu hören. In der Ferne sah er, wie die Kerzenflamme um den Stern an der Angel herum kleine Lichter über das Eis huschen ließ. Daneben saß aufrecht ein Schatten und hob die Hand zum Gruß.

❄

Der Rollbaum

Wenn im Dezember ein klarer Tag kommt, an dem die Welt winterhimmelblau leuchtet, dann sehen die Nachbarn in der Kranichstraße öfter aus dem Fenster als sonst. Sie wissen, dass an einem solchen Tag Johannes seine Weihnachtsmannmütze aufsetzt, seine Frau ruft und mit seinem Rollstuhl losfährt, um den Weihnachtsbaum zu holen.

Eine Krankheit hat Johannes die Schritte gestohlen, obwohl er noch jung ist. Aber zu seinem Weihnachtsbaum kommt er trotzdem. Dieser Baum soll mindestens so groß sein wie Johannes, wenn er aufrecht stünde. Und Johannes ist kein kleiner Mann. Innen ist er sogar noch größer. Vielleicht wird der Baum deswegen jedes Jahr ein Stückchen höher.

Der Elektromotor vom Rollstuhl brummt, als hätte sich eine Hummel aus dem Sommer verirrt, und unter den Reifen knirscht der Schnee. An den Bordsteinkanten muss Johannes vorsichtig sein und rückwärts fahren, sonst kippt der Stuhl um. Manchmal muss er auch

Umwege fahren. Aber egal wie lang es dauert, Johannes kommt an. Der Baumverkäufer freut sich schon, wenn er ihn von weitem sieht.

Johannes fährt auf den Platz voller Bäume und dreht sich ein paarmal schweigend im Kreis. »Der da«, sagt er dann und zeigt auf einen, der ganz weit hinter den anderen am Zaun lehnt.

Der Verkäufer zieht den Baum heraus. »Stimmt«, sagt er anerkennend, »das ist der Schönste. Aber ist der nicht zu groß?«

»Der ist zwei Meter vierzig«, sagt Johannes, »der passt genau!«

»Der ist mindestens zwei achtzig«, sagt der Verkäufer und zieht den Zollstock aus der Tasche. Dann schüttelt er den Kopf, denn der Baum ist auf den Zentimeter genau zwei Meter vierzig hoch.

Johannes strahlt.

»Wie kommt der Baum jetzt nach Hause?«, fragt der Verkäufer, obwohl er die Antwort kennt. Er hört sie so gerne.

»Das macht mein Mann«, sagt Johannes' Frau stolz.

Der Verkäufer stellt den Baum zwischen Johannes' Füße auf die Stützen, und Johannes rollt los. »Frohe Weihnachten«, wünscht er. Es klingt undeutlich, denn er hat ja den Baum vor dem Gesicht. Seine Nase steckt mitten im grünen Duft, und die Nadeln kitzeln ihn an der Stirn.

Der Baumverkäufer sieht dem Rollstuhl nach, und auf einmal kommt ihm seine Arbeit nicht mehr so schwer vor, trotz der kalten Füße und der langen Stunden.

Johannes kann nicht sehen, wo er hinfährt, und darum rennt seine Frau hinter ihm her und brüllt »Rechts!« und »Stopp!« und »Links!«. Seine Finger am Hebel, mit dem er lenkt, werden steif, denn der Baum ist voller Raureif. Doch das ist Johannes' schönste Fahrt im Jahr.

An der Ampel stehen die Autos, und die Fahrer vergessen ihren Ärger und ihre Ungeduld, wenn Johannes vor ihnen die Straße überquert. Das heißt, von Johannes sehen sie nichts.

»Schau, Mami«, rufen die Kinder, »da fährt ein Weihnachtsbaum, ganz alleine!«

Wie ein stolzes Segel biegt der Weihnachtsbaum in die Kranichstraße ein und verschwindet im Haus.

Und die Nachbarn kehren an ihre Arbeit zurück mit dem Gefühl, dass heute etwas Gutes und Besonderes geschehen und ihre Welt in Ordnung ist.

❄

Ganz normale Zauberbonbons

Der Wind wehte Blätter in den Hausflur. Liam kam gleichzeitig mit ihnen und Frau Bonilla an den Briefkästen an. Seit er neun geworden war, durfte er den Briefkastenschlüssel an seinem Schlüsselbund tragen und die Post herausholen. Darauf war er stolz. Er musste sich auf die Zehenspitzen stellen, um an den Kasten zu kommen. Frau Bonilla dagegen musste sich bücken und schnaufte dabei. Sie war alt. Manchmal hatte Liam ein wenig Angst vor ihr. Sie war zwar etwas gebeugt, aber doch recht groß, ihr Blick war grimmig und ihre Stimme tief und außerdem laut, weil sie schwerhörig war.

Heute schnaufte Frau Bonilla besonders heftig. »Ach!«, sagte sie und stöhnte.

Liam sah zu ihr hoch und erschrak, weil ihre Augen so traurig waren. »Tut Ihnen was weh, Frau Bonilla?«, fragte er laut.

»Ach nein«, sagte sie und schloss ihren Briefkasten wieder zu. Er war leer gewesen. Er war eigentlich immer leer. »Es ist nur …« Durchdringend sah sie Liam an, als frage sie sich, ob sie ihm ein Geheimnis anvertrauen könne. »Es ist einfach so schrecklich, dass der Sommer zu Ende ist!«

Liam starrte sie verblüfft an. Was war denn daran schrecklich? »Aber der Sommer ist doch schon lange zu Ende. Es ist Herbst, und alles ist golden und bunt, und man kann Drachen steigen lassen ...«

»Herbst!«, sagte Frau Bonilla verächtlich. Es klang, als würde sie von der Ratte sprechen, die ihr neulich an den Mülltonnen begegnet war. »Und dann noch Winter!«

»Im Winter ist doch Weihnachten, in ein paar Tagen ist schon der erste Advent.«

Aber von Frau Bonilla war nur noch der Rücken zu sehen. Sie verschwand hinter ihrer Wohnungstür.

Liam musste den ganzen Nachmittag über Frau Bonillas Worte nachdenken. Er konnte sich überhaupt nicht auf seine Hausaufgaben konzentrieren. »Schrecklich!«, das sagten die Menschen sonst von Unglücken, Erdbeben, Kriegen und Krankheiten. Wie konnte es jemand schrecklich finden, dass der Sommer zu Ende war? Das war doch ganz normal. Aber die große Traurigkeit in Frau Bonillas Augen hatte Liam erschreckt. Es hatte ausgesehen, als ob sie Angst hatte.

Beim Abendessen erzählte er seinen Eltern davon.

»Ach weißt du«, sagte sein Vater, »Frau Bonilla ist alt. Alten Menschen tun die Knochen weh, wenn es kalt wird. Und manchmal haben sie Angst, dass es ihr letzter Sommer gewesen sein könnte. Da kann es einem schon mal schrecklich vorkommen, wenn der zu Ende ist.«

Liam versuchte, sich das vorzustellen. Es war sehr schwierig. »Kann man da nichts machen?«

Vater lächelte. »Nein, dagegen kann man nichts machen. Jeder Sommer geht irgendwann zu Ende.«

»Ja, aber dagegen, dass Frau Bonilla so traurig ist?«

»Ich werde bald Adventsplätzchen backen«, sagte Liams Mutter, »dann kannst du ihr einen Teller runterbringen.«

Das war eine gute Idee, aber Liam hatte das Gefühl, dass die Plätzchen nicht wirklich den Sommer zurückholen würden.

»Kannst du noch den Müll runterbringen?«

Nachdenklich brachte Liam den Eimer in den Hof. Heute war keine Ratte an der Tonne, aber er traf Herrn Kniesch. Herr Kniesch war noch älter als Frau Bonilla. »Herr Kniesch«, fragte Liam, »finden Sie es auch schrecklich, dass der Sommer zu Ende ist?«

»Ja, soll ich es etwa schön finden? Der Sommer ist ja schon ewig her, der wärmt nicht mehr. Warum guckst du mich so an?« Herr Kniesch zog seine schwarze Jacke enger um sich und runzelte die Stirn noch mehr als sonst.

»Ich wollte sehen, ob Sie traurig sind.«

»Einen Freudentanz werde ich wohl kaum aufführen bei dem Sauwetter.« Kopfschüttelnd verschwand Herr Kniesch im Haus.

Liam sah sich um. Die Bäume waren schon fast kahl, und im Himmel war silberhell der Mond unterwegs. Auch der Herbst war schon zu Ende. Er freute sich auf die Adventsplätzchen und nicht nur auf die. Nikolaus, Schneemänner, der Weihnachtsbaum.

Aber jetzt, da er wusste, dass alte Menschen im Winter traurig sind, war das Freuen auf einmal gar nicht mehr so einfach. Das war, als ob man zum Backen aus Versehen Salz statt Zucker nimmt. Es wollte ihm nicht schmecken. Auch in Herrn Knieschs Augen hatte er das Novembergrau gesehen. Das verfolgte Liam bis in die Nacht. Er träumte von traurigen Augen und kalten Tagen, an denen es gar nicht mehr hell wurde.

In der Schule passte er nicht richtig auf. Zum Glück war Freitag, und am Wochenende machte der Weihnachtsmarkt auf.

»Das fängt ja immer früher an«, brummelte Liams Vater, der keine Lust auf einen Bummel hatte. Im Fernsehen lief Fußball. »Aber morgen ist der erste Advent!«, sagte Liam und zog ihn am Ärmel. »Komm schon, ist doch nicht weit.«

Liam durfte eine Runde Karussell fahren, dann aßen sie Bratäpfel, weil die so schön nach Weihnachten dufteten. An der Glühweinbude trafen sie einen Bekannten, der über Fußball redete. »Hol dir gebrannte Mandeln oder so was«, sagte Papa zu Liam und drückte ihm ein paar Münzen in die Hand. »Wir treffen uns in einer Viertelstunde wieder hier.«

»Okay.« Liam steckte die Hände in die Tasche und schlenderte zu dem Stand gegenüber. »Brunos besondere Bonbons«, stand schnörkelig auf dem grünen Holzschild darüber. Prüfend betrachtete Liam die Haufen und Dosen bunten Zuckerzeugs.

»Na, was gefunden?«, sagte eine tiefe Stimme. Ein Mann beugte sich über den Tresen. Er war fast so rund wie manche seiner Bonbons, und seine spiegelglatte Glatze leuchtete im Laternenlicht ganz bunt. Bruno, vermutete Liam.

»Was ist denn an deinen Bonbons so besonders?«, wollte Liam wissen. »Sie sehen aus wie alle anderen Bonbons auf dem Weihnachtsmarkt.«

Bruno strich sich erstaunt über die Lichtreflexe auf seinem Kopf. Hatte ihn das noch niemand gefragt? »Na ja«, erkärte er, »die wirklich besonderen Bonbons habe ich natürlich nicht hier vorne. Die bekommt nur, wer sie wirklich braucht. Einfach nur naschen wollen ist nicht Grund genug. Wofür willst du sie denn?«

»Hast du Bonbons für traurige alte Leute?«

»Hmmm, nanu. Warum sind sie denn traurig?«, erkundigte sich Bruno.

»Weil der Sommer zu Ende ist! Sie finden das ganz schrecklich.«

»Also, ein Sommer ist immer erst dann wirklich zu Ende, wenn sich niemand mehr an ihn erinnert«, sagte Bruno.

Liam dachte an Zitroneneis und daran, wie er mit Nele barfuß am Bach nach jungen Libellen gesucht hatte. Dann an Herrn Kniesch, wie er gesagt hatte, dass der Sommer ihn schon ewig nicht mehr wärmte.

Der Wind jagte ein paar Regentropfen unter das Dach und auf Brunos Glatze, wo sie zu funkeln anfingen. Liam starrte fasziniert darauf und hoffte, dass er später auch einmal eine haben würde. Bruno schien angestrengt nachzudenken. »Warte«, sagte er schließlich und bückte sich hinter den Tresen. Liam hörte es rascheln und rumpeln. Schließlich tauchte Bruno wieder auf und hob triumphierend ein staubiges kleines Glas hoch. Darin lagen dicke Bonbons, jedes einzelne in durchsichtiges, schimmerndes Papier gewickelt. Sie waren himbeerfarben – und sie sahen auch aus wie Himbeeren. Bruno schraubte das Glas auf. Es knirschte leise. »Riech mal!«

Liam steckte die Nase hinein. »Mmmh! Das riecht ja toll nach Sommer.«

»Na also.«

»Sind die auch besonders genug, um zu wirken? Ganz normale Bonbons helfen nämlich bestimmt nicht.«

»Das«, sagte Bruno wichtig, »sind ganz normale Zauberbonbons. Die helfen! Außerdem habe ich keine besseren.«

»Und was kosten die?« Liam fürchtete, dass er sich Zauberbonbons gar nicht leisten konnte, auch nicht ganz normale.

»Für dich, 50 Cent.«

Liam fischte in seiner Tasche. Das reichte gerade! Aber die Kirchenglocke schlug. Die Viertelstunde war um! Hastig drückte er Bruno die Münze in die Hand und verstaute die Bonbons vorsichtig in seiner Jackentasche. Er schnaufte vom Rennen fast so sehr wie Frau Bonilla, als er wieder am Glühweinstand ankam, gerade als sein Vater sich nach ihm umzusehen begann.

Zu Hause ging Liam in die Küche. »Soll ich noch den Müll runterbringen?«

»Gerne!« Seine Mutter wunderte sich ein bisschen,

aber das war ihm egal. Er brauchte einen Grund, noch mal an die Briefkästen zu kommen.

Zum Glück passten die Bonbons gerade so durch die Schlitze. Eins für Frau Bonilla. Eins für Herrn Kniesch. Und da Liam gerade dabei war, auch eins für Frau Pfender, eins für Herrn Grunow und eins für Frau von Fersberg. Sie waren alle alt, und auch wenn Frau Pfender zum Beispiel noch nie novembertraurige Augen gehabt hatte – sicher ist sicher.

»Peng!«, machten die Bonbons geheimnisvoll in den metallenen Kästen.

Als Liam den Müll draußen in die volle Tonne stopfte, kitzelte ihn etwas am Ohr. Er sah auf und bemerkte, dass es angefangen hatte zu schneien. Hurra! Sommer war schön, aber Winter eben auch. Vielleicht reichte der Schnee bald zum Schlittenfahren.

Tatsächlich schneite es die ganze Nacht. Frau Bonilla würde darüber bestimmt nicht glücklich sein, dachte Liam, als er morgens aus dem Fenster sah. So viel Winter! Aber er konnte nicht anders, er freute sich.

Und als Jonas von nebenan bei ihm klingelte, hatte er seinen Schlitten auch schon aus dem Keller geholt. Dabei hatte er kurz nach den Briefkästen gesehen. Die Sonntagszeitungen steckten nicht mehr darin – also mussten alle auch ihre Bonbons gefunden haben.

Im Park war es so lustig, dass er gar nicht mehr an Frau Bonilla oder die Bonbons dachte. Das Rodeln auf dem frischen Schnee ging wunderbar. Als das langweilig wurde, bauten sie eine Burg aus Schneebällen, was in einer Schneeballschlacht endete. Müde und glücklich bogen Liam und Jonas schließlich wieder in ihre Straße ein.

»Guck mal, was is'n da los?«, sagte Jonas.

Verblüfft sah Liam, dass mehrere Leute auf der kleinen Grünfläche vor dem Haus damit beschäftigt waren, einen mächtigen Schneemann zu bauen. »Aber, das ist ja …« Frau Bonillas große, leicht gebeugte Gestalt war schon von weitem deutlich zu erkennen. Herrn Knieschs Jacke auch.

»Liam, du kommst gerade richtig!«, rief Frau Pfender. »Hilf uns doch, den Kopf draufzusetzen!«

»Ja!« Frau Bonillas Stimme war ja wegen ihrer schlechten Ohren immer laut, aber diesmal war sich Liam sicher, dass sie auch wegen der Freude darin so hallte. »Schieb du von unten, es fehlt nur noch ein klein wenig Kraft!«

Daraufhin rollte Herr Kniesch die dritte Kugel noch einmal über den Hof. »Eins, zwei, drei, hopp!«, kommandierte Frau Bonilla. Mit vereinten Kräften hievten sie den Kopf auf die beiden schon fertigen sehr dicken

Kugeln. Dabei sah Liam, dass in Frau Bonillas Augen kein November mehr war. Sie leuchteten.

»Ist es jetzt nicht mehr schrecklich, dass der Sommer vorbei ist?«, fragte er.

»Jetzt gerade nicht!« Frau Bonilla hatte ein nettes Lächeln, entdeckte Liam. »Da war so eine Werbung im Briefkasten, wahrscheinlich von der Sonntagszeitung, weißt du. Ein Himbeerbonbon. Bei dem Geschmack kamen mir lauter Erinnerungen an ganz viele Sommer.«

»Marthe, du bist so groß, bring mal die Nase an!«, sagte Frau Pfender und drückte Frau Bonilla eine Mohrrübe in die Hand. Liam hatte gar nicht gewusst, dass Frau Bonilla einen Vornamen hatte. Er überlegte, wie sie wohl als Mädchen ausgesehen hatte.

»An was haben Sie sich denn erinnert?«, fragte er.

»Ach …«, sagte sie und lächelte in sich hinein. »Da war der Karl und das Sommerfest, auf dem ich mit ihm getanzt habe. Und Himbeeren pflücken waren wir auch mal …«

»Soso, der Karl«, schmunzelte Frau Pfender.

»Hattest du kein Bonbon?«, fragte Frau Bonilla.

»Doch«, sagte Frau Pfender, »mir ist auch Verschiedenes eingefallen, aber meine Erinnerung heißt nicht Karl.«

»Meine heißt Lina«, sagte Herr Kniesch. »Und die

Himbeeren haben wir geklaut damals, im Nachbargarten.«

»Und was hat das jetzt alles mit dem Schneemann zu tun?«, wollte Liam wissen. Die Bonbons mussten tatsächlich Zauberbonbons gewesen sein. Sie hatten nicht den letzten, sondern sogar ganz viele alte Sommer zurückgeholt. Und die Lachfalten um Herrn Knieschs Augen, die waren da vorher nie gewesen.

»Ach weißt du«, sagte Frau Bonilla, »wir haben gemerkt, dass so ein Sommer nie zu Ende ist, solange man sich daran erinnern kann.«

»Und da ist uns eingefallen, dass Sommer nur schön sein können, wenn es auch Winter gibt«, ergänzte Frau Pfender.

»Ja – und dass Zeit viel zu schade ist, um keine Erinnerungen daraus zu machen«, sagte Frau von Fersberg triumphierend, die mit einem Zylinderhut aus dem Haus kam. »Schaut, ich hab ihn gefunden!« Mit Schwung setzte sie dem Schneemann den Hut auf den Kopf.

»Da fehlt noch was.« Herr Kniesch wickelte seinen Schal vom Hals und reichte ihn Frau Bonilla, die ihn dem Schneemann elegant über die Schultern warf.

»Klasse!«, sagte Liam bewundernd. »Schade, dass der bald wieder schmilzt.«

»Nana«, sagte Frau Bonilla. »Wenn der nicht schmilzt, kann der nächste Sommer ja nicht kommen.«

Anscheinend hatte sie die Angst, dass es für sie gar keinen Sommer mehr geben würde, irgendwo im Schnee verloren.

»Ach was«, sagte Herr Kniesch, »wenn der schmelzen will, bekommt er ein Himbeerbonbon!«

Pate für einen Engel

Dies war schon der dritte Friedhof, über den Ferdi Clausen in diesem Monat schlenderte. Er wusste nicht genau warum, denn Elsa war nicht hier. Damals hatten sie die Idee mit der Seebestattung gut gefunden, seine Elsa und er. Sie waren so gerne am Meer gewesen, wenn sie sich einen Urlaub leisten konnten, fühlten sich frei dort, als wäre alles möglich. Nur war er jetzt zu alt geworden, um oft an die Küste zu fahren, und so fehlte ihm ein Platz, an dem er Elsa nahe sein konnte.

Ferdi beobachtete eine alte Dame, die sich zärtlich über ein Grab beugte und eine Kerze anzündete. Er selbst hatte letztes Jahr am ersten Advent ein Teelicht in einem Papierschiffchen auf Reisen geschickt, für Elsa. Doch bis zum Meer war es bestimmt nicht gefahren. Und am zweiten Advent war der Fluss schon zugefroren.

Auf Friedhöfen, wo andere Menschen mit ihren Toten Zeit verbrachten, fühlte er sich – nun, friedlich eben. Außerdem war die Luft hier frisch, und der Stadtlärm blieb vor den Mauern zurück. Zugegeben, November war kein guter Monat, um sich zwischen Gräbern herumzutreiben. Doch es hatte zum ersten Mal geschneit, ganz wenig, und die leichte weiße Schicht, die in der tiefen Sonne funkelte, verlieh den alten Steinen und Mauern, selbst dem Efeu eine heitere Note. Es war ein schöner Friedhof, mit alten Steinen, die Geschichten erzählten von ehrbaren Geschäftsleuten, unvergessenen Pfarrern und von Großfamilien, deren leicht zueinander in Schräglage geratenen Gedenksteine wie in lautloser Unterhaltung wirkten.

Die alte Dame sah hoch, blickte Ferdi misstrauisch an. Er fühlte sich wie ein Eindringling. Was hatte er hier auch zu suchen? Die Hände verschämt in die Taschen vergraben, machte er sich daran, den Ausgang wiederzufinden. Er sah das schmiedeeiserne Tor schon in der Ferne, als er sich beobachtet fühlte und stehen blieb. Niemand war zu sehen. Er machte einen Schritt, hielt wieder an. Da war doch jemand! Er spürte ganz deutlich eine Gegenwart. Von rechts. Da war eine verwilderte Buchsbaumhecke, beinahe mannshoch. War er aber nicht gerade an einem kleinen Tor in dieser Hecke vorbeigegangen? Tatsächlich. Ferdi spähte darüber hinweg. Die Sonne war verschwunden, das Funkeln im Schnee erloschen. Dämmerung nistete sich in den

Ecken ein. Ferdis Gefühl hatte ihn nicht getrogen. Da stand wirklich jemand, ihm gegenüber.

Falsch, der andere saß. Saß anmutig auf einer niedrigen Säule, den Kopf nachdenklich in die Hand gestützt, den Blick nur leicht gesenkt. Groß, größer als Ferdi. Ein Engel! Ein halbrundes Gewölbe schützte ihn, von zwei Säulen flankiert.

Aber ach, der Engel trug schwer am Schmutz der Stadt. Er war aus einst weißem Marmor, doch nun lag Ruß auf seinen Schultern, seinem Gewand und seinen Flügeln, vor allem auf den langen Spitzen. Auch der rechte Arm, die Haare, die in seine Stirn fielen, und die Nase waren schwarz. Nur der nackte Fuß, der aus dem Schutz des Gewölbes herausragte, war schneeweiß. Ferdi war, als hätte die Trauer über so manches, was in der Stadt geschah, sich hier sichtbar niedergelassen. Doch was für ein Gesicht hatte dieser Engel! Es war anmutig, aber nicht gekünstelt. Menschlich und doch erhaben.

Die Grabstelle war vorn von einer Hecke und rechts und links von einer niedrigen Mauer umgeben, und im verwilderten Gras lagen zwei alte, ebenfalls schwarz gewordene Steinplatten, auf denen Flechten geheimnisvolle Muster zeichneten. Die Buchstaben waren nicht mehr lesbar, Ferdi entzifferte nur ein »O« und weiter hinten ein »thes« und eine Jahreszahl mit einer 18 darin.

Es wurde rasch dunkel, Ferdi wandte sich endgültig zum Gehen und zuckte zusammen. Hatte der weiße Fuß des Engels nicht eben ungeduldig – oder unglücklich – gewippt? Quatsch, es war nur die Ohrenklappe seiner eigenen Mütze gewesen, die sich im Wind in seinem Augenwinkel bewegt hatte. Aber jetzt fiel ihm etwas anderes auf. In der Erde steckte ein Schild: »Denkmalpate gesucht! Bitte melden Sie sich bei der Friedhofsverwaltung.«

Ferdi wollte jetzt nur noch nach Hause. Seine Füße froren, und sein Magen dachte an das frische Brot und seinen Lieblingskäse, der zu Hause auf ihn wartete. Der Weg wurde ihm lang. Als er die Haustür aufschloss, hatte er den Engel schon vergessen.

Mitten in der Nacht schreckte er auf. Hatte ihn das Licht eines Scheinwerfers geweckt, der draußen vorbeihuschte? Der unerbittliche Motor eines frühen Streufahrzeugs? Oder war es sein Traum gewesen? Es schien ihm, als sei der wichtig. Er bemühte sich, die Fetzen der Erinnerung zusammenzusetzen. Der Engel! Es war das Gesicht des Engels mit der schwarzen Nase. Es war ganz dicht vor seinem gewesen. Der Engel hatte ihn angesehen – oder doch nicht? Dann war da der Fuß. Er hatte gewippt. Energisch gewippt, fast so, als wollte der Engel Ferdi einen Tritt geben.

Das Schild sah Ferdi immer noch vor sich. »Denkmalpate gesucht!« Im Traum war Schnee in die Buchstaben gefallen, so dass sie funkelten.

Pate für einen Engel? Ging das? Waren es nicht die Engel, die für die Menschen zuständig waren? Kopfschüttelnd wickelte sich Ferdi wieder in seine Decke.

Der Traum kam nicht wieder, aber als Ferdi sich seinen Morgenkaffee einschenkte, trieb sich das Gesicht des Engels immer noch in seinen Gedanken herum. Pate für einen Engel! Warum eigentlich nicht? Nötig hatte der es ja, so schmutzig wie er war. Und Ferdi wäre dann wenigstens noch einmal zu etwas nutze. Was man wohl so machen musste, als Engelspate? Auf jeden Fall den Engel säubern von dem traurigen schwarzen Schleier, den die Jahre und der von Menschen produzierte Schmutz über ihn geworfen hatten. Vielleicht hatte der Engel aus diesem Grund Ferdi angesehen, war im Traum gerade ihm erschienen. Denn Ferdi hatte, als er noch sehr jung war, eine Zeitlang bei einem Steinmetz ausgeholfen. Ferdi mochte die Steine und Stelen, Säulen und Skulpturen, die verschiedenen Formen der Kreuze und die Gedanken der Menschen dazu. Sein Meister mochte Ferdi, der sich geschickt anstellte, und er brachte ihm allerhand über den Umgang mit Marmor bei. Leider starb der alte Meister Miklautz, ehe Ferdi die versprochene Lehre überhaupt beginnen konnte, und die Erben lösten das Geschäft auf. Ferdi ging dann zum Bau, wie es sein Vater verlangte, denn da gab es mehr zu verdienen, und er war nicht einmal unglücklich. Auch das Mauern machte ihm Freude. Gegen Ende seines Berufslebens fand er sogar noch eine Anstellung bei einer Firma, die Portale baute, und hatte nun wieder mit Säulen zu tun.

Kurz entschlossen zog Ferdi sich warm an und machte sich wieder zum Friedhof auf, obwohl der Himmel abweisend aussah.

Er stieg über das niedrige Tor, das klemmte, stand eine Weile vor dem Engel und strich ihm dann vorsichtig über den Flügel. Nachdenklich betrachtete er seinen schwarzen Finger. »Du kannst wirklich Hilfe gebrauchen«, sagte er. »Und die, über die du wachst, auch.«

Er sah sich um. Zwei kleinere Stelen waren umgefallen, die Hecke musste beschnitten werden, und einige Wörter der Inschriften auf den Steinplatten hätte man noch lesen können, wenn sie nicht so voller Moos, Dreck und Flechten gewesen wären. Dort, wo im Sommer Gras und Farn hingehört hätten, wuchsen statt Gras nur Brennnesseln.

Der Engel blickte ernst.

»Also gut«, sagte Ferdi entschlossen, stieg ein zweites Mal über das Tor – demnächst würde er sein Fläschchen Kriechöl mitbringen, um die Klinke gängig zu machen – und steuerte die Friedhofsverwaltung an.

»Herein!«, rief eine Stimme, die, wenn das Schild an der Tür stimmte, einer Frau Grimmelmann gehörte.

»Ich komme wegen des Schildes«, erklärte Ferdi. »Das Grab mit dem Engel. Sie suchen einen Paten dafür.«

Frau Grimmelmann musterte Ferdi. Er war nicht mehr der Jüngste, und seine Mütze und seine Jacke waren es auch nicht, von seinen guten alten Stiefeln ganz zu schweigen. Elsa hätte die schon aussortiert, aber sie leisteten ihm treue Dienste.

»Und das wollen Sie sein?«

»Ich hab das mal gelernt. Marmor pflegen und so. Risse reparieren, Inschriften säubern. Stelen wieder richtig aufstellen.«

Frau Grimmelmann wurde eine Spur freundlicher. »Das geht nicht so, wie Sie sich das vorstellen, wissen Sie. Das mit den Patenschaften funktioniert anders: Sie bezahlen die nötige Summe, und dann übernimmt das eine Firma. Die machen das ganz professionell. Der Denkmalschutz muss ja auch beachtet werden. Da muss man sich auskennen. Sie finanzieren das nur. Und später dürfen Sie dann«, sie hüstelte, »also, Sie können dort bestattet werden, wenn das Ihr Wunsch ist.«

»Nein, nein«, winkte Ferdi ab, »ich bekomme eine Seebestattung, wie meine Frau. Ich werde ihr doch nicht untreu mit einem Engel. Sagen Sie, was würde das denn kosten, diese Patenschaft? Erben habe ich ja nicht.«

»Warten Sie mal.« Frau Grimmelmann griff nach einem staubigen Ordner, blätterte darin. »Das Grab mit dem Engel, das ist das aus dem Spätklassizismus. Arzt und Forschungsreisender Otto Friedhelm Matthes, gestorben 1861, und Frau Meta Johanna. Reinigung des Marmors und Festigung der Oberflächen, Ergänzung von Fehlstellen, farbliche Auslegung der Inschrift, Neufundamentierung von zwei Stelen, gärtnerische Maßnahmen im Umfeld, Instandsetzung des Zaunes. Kostenvoranschlag der Firma Hortnim: 11 346 Euro.«

»Oh!«

»Eben«, sagte Frau Grimmelmann, jetzt mütterlich. »Wir wollen Ihnen doch nicht zu viel zumuten. Übernehmen Sie sich besser nicht.«

»Aber dem Engel wird zugemutet, dass jeder Winter ihn ein Stück mehr zerstört. Wie lange wartet er schon auf einen Paten?«

»Sehr lange«, gab sie zu.

»Solange er wartet, könnte ich doch ab und zu ein wenig daran arbeiten«, schlug Ferdi vor. »Ich erwarte nichts dafür. Auf dem Schild steht, Sie suchen einen Paten. Ein Pate kümmert sich, mit den Mitteln die er eben hat. Da steht nicht, Sie suchen einen Mäzen. Bei einer Taufe fragt auch keiner nach dem Bankkonto.«

»Aber das ist nicht erlaubt.« Frau Grimmelmann wusste nicht, was sie mit Ferdi machen sollte. Der stand in ihrem Büro und sah nicht so aus, als würde er sich so einfach vom Fleck bewegen, ehe sie ihm eine Lösung angeboten hatte.

»Denken Sie mal darüber nach. Ich komme morgen wieder. Ich wünsche Ihnen einen schönen Tag.«

Ferdi hatte eine gute Menschenkenntnis. Frau Grimmelmann, dachte er, war gar nicht verkehrt. Sie war es nur nicht gewöhnt, Entscheidungen zu treffen. Sie brauchte etwas Zeit. Er würde sie schon überzeugen. Auf dem Heimweg besorgte er allerhand geheimnisvolle Kleinigkeiten in einem Baumarkt, einer Drogerie und einem Bastelgeschäft.

Der Blumenladen am Friedhofseingang, wo man Grabgestecke und Kerzen kaufen konnte, schloss im Winter früh. Gärtner waren zu dieser Jahreszeit nicht unterwegs. In den Stunden vor der Dämmerung, wusste

Ferdi, würde er vermutlich kaum gesehen werden. Und so kehrte er am späten Nachmittag wieder und machte sich am Engel zu schaffen. Gut, dass die Hecke so verwildert war und ihn vor Blicken schützte, falls doch jemand vorbeikam.

Er hatte eine Kerze mitgebracht. Elsa hatte in der Adventszeit immer Kerzen angezündet. Außerdem würde es dem Engel gefallen. Und Otto Friedhelm Matthes und seiner Meta Johanna sicher auch, die seit hundertfünfzig Jahren unter den kalten Steinplatten lagen.

Allein mit der Dämmerung, dem Engel und dem kleinen Licht legte sich Ferdi sein Werkzeug zurecht. Eine weiche Zahnbürste, feine Zahncreme, eine Babyhaarbürste, Wattestäbchen, eine Lupe, eine Pinzette und ein in kleine Stücke zerschnittener Schwamm. Algen und Moos ließen sich bei dem leichten, trockenen Frost, der gerade herrschte, einfach abbürsten, ganz behutsam natürlich. Bei dem fettigen Ruß, den die Großstadt auf Haut, Federn, Haare und Gewand des Engels gelegt hatte, musste er zur Zahncreme greifen. Selbstverständlich durfte er nichts Säurehaltiges verwenden. Vorsichtig hantierten Ferdis große Hände mit Bürsten und Schwämmchen, jede Ritze, jede marmorne Flügelfeder wurde behandelt, ohne Schaden zu nehmen. Es war eine Tätigkeit, die Zeit und Geduld erforderte,

Hast brachte gar nichts und wäre eine Schande für das Handwerk gewesen.

Eine Amsel flog auf einen kahlen Zweig der alten Buche, die über dem Grab stand. Vielleicht hatte der Baum Meta noch gekannt, wenn sie ihrem Otto Blumen brachte? Die Amsel hatte seit dem Sommer kaum einen Ton von sich gegeben, warum auch, sie sparte sich das für den Frühling auf. Aber als sie Ferdi dort hantieren sah, mit einer Taschenlampe hinter dem Ohr und einem kleinen Pfeifen auf den Lippen, während die Kerzenflamme im Wind flackerte und die Schatten des Engels und Ferdis zu einem zusammenfügte, begann sie zu flöten. Ferdi sah für einen Moment von seiner Arbeit auf. Unwillkürlich lächelte er dem Vogel zu. Die Töne schienen ihm wie ein Gruß von Elsa oder vielleicht auch von Otto und Meta. Wie auch immer, es fühlte sich alles gut und richtig an. Dass er hier war und was seine Hände taten. Pate für einen Engel! Das ging tatsächlich. Denn die eine Flügelspitze schimmerte nun wieder weiß.

Und selbst Frau Grimmelmann würde keinen einzigen Kratzer am Marmor entdecken.

Es kostete Ferdi am nächsten Vormittag einige Überredungskunst, sie zu einer Besichtigung zu überreden.

»Sie schon wieder!«, sagte Frau Grimmelmann, als er den Kopf in ihr Büro steckte.

»Jawoll«, sagte Ferdi fröhlich, »und ich möchte Ihnen etwas zeigen.«

»Ich kann unmöglich hier weg. Ich habe Sprechstunde.« Sie wies auf das Schild mit den Öffnungszeiten.

»Eben. Und ich möchte Sie sprechen. Das heißt, wir. Der Engel und ich.«

War das ein Lächeln, das widerwillig auf ihrem Gesicht vorbeischaute?

Ferdi war ein guter Beobachter. Schon gestern hatte er das Bild eines kleinen Mädchens auf Frau Grimmelmanns Schreibtisch gesehen, und daneben stand ein zerzauster Engel aus Folie, von Kinderhand gebastelt.

»Wussten Sie, dass Otto und Meta Matthes ein Kind hatten? Ich habe gestern eine kleine, überwucherte Grabplatte gefunden. Amelia Sophie. Sie ist nur fünf Jahre alt geworden. Hören Sie, es ist Advent. Finden Sie nicht, das ist die richtige Zeit, sich um Engel zu kümmern?«

Frau Grimmelmann seufzte und stand auf. Ferdi half ihr höflich in den Mantel.

»Der sieht ja wirklich hilfsbedürftig aus!« Sie betrachtete den Engel erstaunt, offenbar hatte sie den Friedhof schon lange nicht mehr betreten.

Der Engel sah an ihr vorbei und wippte auch eindeutig nicht mit dem Fuß. Ferdi glaubte nicht, dass er viel von Frau Grimmelmann hielt. Aber selbst sie bemerkte, dass der Engel nicht nur schmutzig war, sondern an dem Dreck schwer trug wie an einem Leiden.

»Und nun sehen Sie, hier.« Ferdi schob sie sanft zu dem Engel hin und wies auf die heimlich gesäuberte Flügelspitze. »Sehen Sie den Unterschied? Stellen Sie sich vor, wie er aussieht, wenn ich damit fertig bin!«

»Tatsächlich. Das ist ja toll!« Frau Grimmelmann bückte sich, sah ganz genau hin. »Sie sind mir ja einer. Aber Sie scheinen nichts kaputt gemacht zu haben.«

»Ich habe Ihnen doch gesagt, ich habe das gelernt. Und wenn hier nichts unternommen wird, wird auf diesem Grab bald nur noch ein Häufchen Krümel übrig sein. Sehen Sie, hier liegt die kleine Amelia Sophie.«

Frau Grimmelmann starrte auf die schmutzverkrusteten Buchstaben aus einer anderen Zeit. Räusperte sich schließlich. »Also, offiziell geht das nicht. Ich habe nichts erlaubt. Und wenn Sie hier arbeiten, dann ziehen Sie bitte einen Kittel an. Das sieht professionell aus, und vermutlich wird Sie dann niemand fragen, was Sie hier machen. Sollte Sie doch jemand bedrängen, sagen Sie einfach unverbindlich, Sie hätten mit mir gesprochen. Das stimmt ja auch.«

Ferdi hätte sie am liebsten umarmt. »Wir danken

Ihnen, der Engel, die Familie Matthes und ich«, sagte er stattdessen und beschloss, ihr am nächsten Tag ein Kerzengesteck für ihr kahles Büro mitzubringen.

Der alte weiße Arbeitskittel, den er herauskramte und über seinen dicken Pullover zog, ließ ihn schmunzeln. »Jetzt sehen wir uns fast ein bisschen ähnlich«, sagte er zu dem Engel. »Sauber ist mein Kittel auch nicht mehr.«

Gern hätte er die Hecke geschnitten, hob sich das aber für zuletzt auf, denn sie bot ihm willkommenen Sichtschutz. Frau Grimmelmann zuliebe wollte er kein Aufsehen erregen. »Engel arbeiten ja auch meist heimlich, da ist das für den Paten eines Engels ja auch in Ordnung«, erklärte er seinem Schützling. Er gewöhnte sich an, hin und wieder mit dem Engel zu sprechen. Es tat ihm gut. Und irgendwie erschien es unhöflich zu schweigen, während er dem Engel so nahe kam, ihm die Stirnlocke abbürstete und mit dem Wattestäbchen in die Ohren fuhr. »Gut, dass du nicht kitzlig bist«, sagte er.

Was Otto und Meta Matthes wohl vor anderthalb Jahrhunderten der kleinen Amelia Sophie für Geschichten erzählt hatten? Er würde einen kitzligen Engel für sie erfinden. Einen kitzligen Schutzengel.

So wurde der Engel von Tag zu Tag weißer, während es um ihn und Ferdi herum manchmal schneite, so dass man besonders deutlich sah, wo noch dunkle Flecken auf dem Gewand waren. Dann taute es wieder, so dass der Engel kleine tropfende Eiszapfen an der Nase trug, als hätte er Schnupfen.

In der zweiten Adventswoche zündete Ferdi zwei Kerzen an, wenn er arbeitete. So gehörte sich das, fand er. Und dann wussten vielleicht auch Otto, Meta und Amelia, dass Advent war.

Er säuberte Feder für Feder, bis die Flügel wieder weiß strahlten. Sie sahen aus, als müsste der Engel nur aufstehen und davonfliegen. Aber dazu wog der Schmutz noch zu schwer auf seinen Schultern. Die hatte Ferdi sich für zuletzt aufgehoben, weil dort am meisten Dreck haftete, der nicht so einfach abgehen wollte. Dringender war es, einige Risse zu heilen, während der wenigen frostfreien Tage, die jederzeit vorbei sein konnten. Für solche Zwecke rührte Ferdi ein geheimes Pulver an, dessen Zusammensetzung ihm einmal der alte Meister Miklautz verraten hatte. Wenn man es richtig machte, sorgfältig mit einer Nagelfeile in die Sprünge strich, trocknen ließ und dann mit allerfeinstem Sandpapier ganz behutsam nacharbeitete, sah man nichts mehr. Höchstens eine ganz leicht hellere Stelle, die man notfalls mit einem Hauch von schwarzem Tee färben konnte.

Einmal sah Frau Grimmelmann bei Ferdi und dem

Engel vorbei, einen dampfenden Becher in der Hand. »Ich gehe jetzt nach Hause«, sagte sie, »aber ich dachte, Sie könnten vielleicht einen Tee vertragen.«

»Danke. Das ist aber nett.« Ferdi war überrascht.

Staunend betrachtete sie den Engel. »Er sieht schon viel … leichter aus.«

Tatsächlich blickte der Engel weniger sorgenvoll, dachte Ferdi. Das war ihm noch gar nicht aufgefallen.

Danach kam Frau Grimmelmann öfter und wechselte nach Dienstschluss ein paar Worte mit Ferdi. Sie mochte seine Stimme. Er klang seiner Sache immer so sicher, strahlte eine Ruhe aus, die ihr wohltat.

An den Wochenenden war Ferdi allein mit dem Engel und der Familie Matthes. Frau Grimmelmann hatte frei, und bei dem Wetter gab es nicht viele, die auf dem Friedhof ihre Angehörigen besuchten. Wenn, dann beachteten sie Ferdi nicht, sahen ihn gar nicht hinter der verwilderten Hecke. Darum zuckte er zusammen, als jetzt eine Stimme in seine Versunkenheit fuhr.

»Darf ich Sie etwas fragen?«

Ein Mann stand am schmiedeeisernen Tor, beide Hände darauf gestützt, und betrachtete Ferdi und die Zahnbürste, mit der dieser an einer Gewandfalte arbeitete. In seinen Stirnfalten nistete Zorn, Ungeduld oder nur Nachdenklichkeit; Ferdi war sich nicht schlüssig.

»Sicher«, antwortete Ferdi fröhlich und wandte sich wieder seiner Arbeit zu. Viel Tageslicht blieb ihm nicht mehr, er wollte es ausnutzen.

»Warum machen Sie das?«

Ferdi überlegte nur kurz. Es war eigentlich eine ganz einfache Frage, und seine Antwort würde Frau Grimmelmann nicht in Schwierigkeiten bringen.

»Weil ich das Gefühl habe, es ist richtig, und weil es genau das ist, was ich jetzt gerade machen möchte.«

»Sie sind ein Glückspilz. Ich würde auch gern etwas machen, was mir richtig scheint.« Ungefragt schwang der Mann erst das eine, dann das andere Bein über das Tor, dabei hatte Ferdi das Schloss geölt, und es war nun wieder gängig.

Der Mann betrachtete den Engel eingehend, fuhr mit dem Finger vorsichtig über die strahlend weißen Flügel und dann über die Schultern, auf denen immer noch die Rußschicht lag. »Mein Gott«, entfuhr es ihm, »der sieht aus, wie ich mich fühle. Er trägt schwer an dem Schmutz und Elend dieser Stadt.«

»Oh, ich glaube, er weiß ebenso um das Licht und die Freude in dieser Stadt«, erwiderte Ferdi seelenruhig und spritzte neue Zahnpaste auf die Bürste, ehe er sich der nächsten Falte zuwandte.

Unvermittelt streckte ihm der Fremde die Hand hin.

»Christian Rupprecht. Ich bin Journalist. Bei einer Zeitung, die am liebsten Schmutz druckt wie den, der ihrem Freund auf den Schultern liegt«, er zeigte auf den Engel. »Und je älter ich werde, desto mehr bedrückt mich, dass einiges davon wahr und so viel davon in der Welt ist.«

Ferdi schüttelte ihm die Hand. »Ferdi Clausen.« Dann konzentrierte er sich wieder auf seine Arbeit.

»Denkmalpate gesucht«, las Christian Rupprecht. »Sind Sie das?«

»Ich kümmere mich halt um ihn.«

»Ich könnte eine Story darüber schreiben. Pate für einen Engel. Das wär doch mal was anderes. Passt zur Weihnachtszeit.«

Ferdi drehte sich um und sah ihm in die Augen. Die sahen nicht so aus, wie Christian sich beschrieben hatte. Ferdi sah Helles darin, keinen Schmutz. »Bitte tun Sie das nicht.«

»In Ordnung. Versprochen. Aber dann möchte ich, dass wir uns duzen. Ich wäre gern mit einem Engel und seinem Paten befreundet. Ich kann das gebrauchen.«

»Kein Problem«, sagte Ferdi. »Ich denke, auch Engel können Freunde gebrauchen. Aber hier sind noch mehr Anwesende.« Er zeigte auf die Grabplatten. Er hatte die Buchstaben erst oberflächlich gesäubert, aber sie waren wieder lesbar.

Christian hockte sich hin. »Otto Friedhelm. Meta Johanna. Amelia Sophie«, las er. »Immerhin ist ihnen ihr Engel über all die Jahrzehnte treu geblieben. Schön friedlich haben sie es hier. Ob ihre Zeit … sauberer war?«

»Wohl kaum. Jetzt mach mal einen Punkt. Wenn dich dein Leben so stört, warum änderst du nichts?« Ferdi polierte so energisch an dem steinernen Saum, als hätte er gern die Schwermut aus Christian gebürstet.

»Vielleicht musste ich erst einen Engel treffen. Und seinen Paten.«

»Wenn du nun einmal hier bist, könntest du mir helfen, diese Stelen aufzurichten.«

Die steinernen Säulen hatten einmal am Kopfe der Grabplatten von Otto und Meta gestanden. Eine Inschrift war nicht mehr erkennbar, möglicherweise gehörten einst Blumenschalen darauf.

»Meinst du, die halten dann?«

»Ich habe was zum Abstützen mitgebracht.« Ferdi wies auf einen Vorschlaghammer und einige kurze Eisenstangen. »Ein Fundament gießen kann ich bei diesen Temperaturen noch nicht.«

Christian erwies sich als erstaunlich geschickter Helfer. Er hielt die Stelen, während Ferdi die Eisenstangen schräg in den harten Boden trieb. Plötzlich fuhr Christian zusammen, hätte den Stein fast fallenlassen. Entgeistert blickte er hinter sich.

»Was ist?«

»Ich … hab mir wohl was eingebildet.« Misstrauisch starrte Christian auf den nackten, ziemlich großen Fuß des Engels.

»Sag schon.«

»Ich hatte das Gefühl … ich glaubte, der Engel hätte mich getreten.«

Ferdi musste lachen. »Ein Engel, der dich in den Hintern tritt? Wer weiß? Ich dachte am ersten Tag auch, er hätte mit dem Fuß gewippt. Vermutlich eine optische Täuschung. Der Fuß ist heller als der Rest vom Engel, weil er unter dem Gewölbe vorsteht und vom Regen gewaschen wird, der vom Dach läuft. Wenn man das aus dem Augenwinkel wahrnimmt, wirkt es, als hätte er sich bewegt.«

»Aber ich habe es gespürt.«

»Na ja.« Ferdi widmete sich wieder seinen Eisenstangen. »Vielleicht hielt er es für nötig.«

Als es dunkel wurde, räumte Ferdi sein Werkzeug zusammen. Christian saß auf einem Stein und hantierte mit etwas Hellem.

»Was machst du?«

»Guck es dir an.«

Ferdi staunte. Christian hatte einen Notizblock aus seiner Tasche gezogen und faltete einzelne abgerissene Seiten zu zarten Papierrosen. Er legte auf jede Grabplatte eine, beschwerte die Stängel mit einem Kieselstein. »Weil es doch für richtige Blumen zu kalt ist.«

»Schön«, sagte Ferdi gerührt und lehnte nicht ab, als Christian ihn noch auf einen Grog in seine Lieblingskneipe einlud.

Die Großstadtnacht brummte und brauste, aber auf dem Friedhof war es still um den Engel. Hell leuchteten die Papierrosen auf den Steinen, denn der Vollmond schien in dieser Frostnacht, und hell leuchtete auch der Engel. Am nächsten Tag schien es Ferdi, als wären die restlichen schwarzen Flecken auf den Schultern etwas heller geworden, ohne dass er etwas daran getan hatte, und er wunderte sich.

Nachmittags erschien Christian und wedelte mit einem Stück Papier. »Kann ich dir was vorlesen? Ich möchte wissen, was du davon hältst.«

Er saß auf einer Stufe zu Füßen des Engels. Der leise Winterwind trieb seine Worte zu Ferdi hinüber, der mit Wattestäbchen und einem seiner geheimen Öle die letzten Staubreste aus den Buchstaben auf Amelia Sophies Grabplatte entfernte. Er trug die Worte auch in die Ohren des Engels, und wer weiß, vielleicht hörte auch die Familie Matthes zu, über anderthalb Jahrhunderte hinweg.

Christian schenkte ihnen eine Erinnerung aus seiner Kindheit. Er erzählte von einem alten Mann, der damals im Winter in einem dunklen Hinterhof mit einer Plastikplane und ein paar Kisten und Holzscheiten als Begrenzung eine Eisbahn für die Kinder gebaut hatte. Er stand sogar nachts auf, um mit einem Schlauch aus seinem Küchenfenster heraus Wasser auf die Fläche zu leiten, damit eine weitere Schicht gefror. Bald war sie fertig, und wenn es dunkel wurde in diesen Vorweihnachtstagen, dann stellte er Laternen drumherum auf, drehte seinen alten Plattenspieler auf, und die Kinder liefen und drehten sich zu Weihnachtsliedern und Kerzenlicht. Es war ihnen, als flögen sie. Er sammelte in der Nachbarschaft gebrauchte Schlittschuhe, damit die, die keine hatten, sich bei ihm welche leihen konnten. Manchmal briet er Würstchen oder verteilte Kekse. Sie nannten ihn den Eiswilhelm und sprachen von ihm, als wäre er der Weihnachtsmann.

»Das hast du schön geschrieben«, sagte Ferdi. »Ich habe alles vor mir gesehen.«

»Es ist ganz anders als das, was ich sonst für die Zeitung schreibe.«

»Und wie fühlt sich das an?«

»Es fühlt sich richtig an. Nur wird mein Chef mich feuern.«

»Kommt auf einen Versuch an.«

»Tja, viel Hoffnung habe ich da nicht. IHM hat ja der Engel keinen Tritt gegeben.«

Zwei Tage später stieg Christian freudestrahlend über das Tor. Wild schwenkte er eine Zeitung.

»Lies!«

Ferdi sah es sofort. Auf Seite drei prangte eine Überschrift: »Neue Kolumne: Rupprechts Ruf!«

Darunter gab es ein kleines Bild von Christian und seine Geschichte vom Eiswilhelm, die mit dem Aufruf endete, ob es nicht nun, da die Temperaturen fielen, in vielen Hinterhöfen solche Eisbahnen geben könne. Wenn ja, wollte er darüber berichten. Und auch über andere solche Dinge, die in der Stadt geschahen.

»Glückwunsch!«, freute sich Ferdi.

»Du hast ja die Hecke geschnitten!« Christian sah sich staunend um. »Sieht gleich ganz anders aus.«

»Ja, ehe es jetzt so kalt wird. Und sieh, der Engel!«

Tatsächlich. Der Engel leuchtete in der Dämmerung, und es schien, dass er gerader saß, denn nicht nur Flügel, Haare und Gewand waren wieder weiß, auch auf seinen Schultern lastete keine dunkle Schicht mehr. Und auch auf der Nase nicht.

»Was meinst du, würden wir beide als Weihnachtsmänner durchgehen? Clausen und Rupprecht. Passt doch«, meinte Christian.

»Wenn der Engel ein Auge zudrückt, vielleicht«, lachte Ferdi.

»Also, ich mag diese Art Weihnachtsmänner«, sagte eine Stimme vom Tor her.

Sie fuhren herum. »Frau Grimmelmann!«

Ferdi öffnete ihr galant. Sie trug eine große Thermoskanne und eine Tasche.

»Ich habe Ihre Kolumne gelesen, Herr Rupprecht«, sagte sie zu Christian. »Sie ist großartig. Bei uns im Hof hantierte übrigens jemand mit einer Plane, als ich ins Büro fuhr. Und der Engel, Herr Clausen – ehrlich, das hätte ich Ihnen nicht zugetraut!« Sie bückte sich und zog mit einiger Mühe das Schild aus dem Boden. »Das brauchen wir nicht mehr. Ich denke, der Engel hat seinen Paten gefunden. Wenn Sie wollen, Herr Rupprecht, können Sie jetzt auch darüber berichten. Ich habe das mit der Friedhofsleitung geklärt. Es gibt noch mehr Gräber in der Stadt, die solche Hilfe gebrauchen können.«

Aus ihrer Tasche holte sie Tassen, verteilte sie. Ferdi hatte drei Kerzen angezündet, denn übermorgen war der vierte Advent. Sie standen auf den Stufen zu Füßen des Engels. Man wusste nicht, brannten sie so hell, weil der Engel nun so hell war, oder war es umgekehrt? In ihrem Licht goss Frau Grimmelmann Kakao ein. Auch Stollen und Plätzchen fanden sich in den Tiefen ihrer Tasche. Ferdi schmeckte den Zimtsternen nach und genoss die Wärme des Kakaos und Frau Grimmelmanns Lächeln. Ganz deutlich spürte er, dass es Otto, Meta und Amelia gutging, und dass auch Elsa hier war, ganz nahe in den tanzenden Schatten.

»Was ist das, da hinten?«, fragte Christian, der leise »O du fröhliche« vor sich hingepfiffen und in den Kerzenschein geträumt hatte.

»Wo?«, fragte Ferdi erschrocken. Hatte Christian seine Gedanken gelesen?

»Da, die hellen Punkte.« Christian zeigte auf den Boden zu Füßen des Engels.

Frau Grimmelmann stand auf und ging hin. Die anderen folgten ihr, und da sahen sie es.

»Blumen!« Christian war verblüfft. »Die waren doch vorhin noch nicht da – oder?«

»Das sind Winterlinge«, sagte Frau Grimmelmann beglückt und starrte auf die Handvoll goldgelber Blüten, die aus den braunen, schneebestäubten Resten verwilderten Grases leuchteten.

»Die hat Elsa früher im Balkonkasten gezogen«, sagte

Ferdi leise. »Aber vor Ende Januar blühen sie eigentlich nicht.«

»Nein«, sagte Frau Grimmelmann nachdenklich. »Eigentlich nicht.«

Andächtig sahen beide auf die Pflanzen, die auf kurzen Stielen im Frost der Winternacht standen, aufrecht unter den Sternen.

Nur Christian blickte vom Boden auf und hätte schwören können, dass der Engel zufrieden mit dem Fuß gewippt hatte.

Die Überraschungskugeln

Fietje Storrjohann stand da und kratzte sich am Kopf. Zweifelnd betrachtete er den Weihnachtsbaum, der so fremd in seiner niedrigen Stube stand wie ein nicht besonders willkommener Landstreicher, der nur eben kurz zum Aufwärmen hereingekommen ist. Draußen grölte ein Sturm und warf die dünne Schneedecke hin und her, als wälze sich darunter die Erde in einem sorgenvollen Schlaf.

Wie hergeblasen waren vor kurzem seine Großnichte Nadja und ihr merkwürdiger Freund vorbeigeschneit. Sie hatten den Baum von ihrem Autodach gezerrt und ihn umständlich in der Ecke aufgestellt. Zu allem Überfluss hatten sie ihn noch mit einer grellen Lichterkette und unverschämt dicken, knallroten Kugeln geschmückt.

»Du musst es doch auch weihnachtlich haben, Onkel Fietje!«, hatte Nadja gesagt, ihn heftig umarmt und ihm mitgeteilt, dass er im Sommer Urgroßonkel werde. »Und deswegen verreisen wir noch mal, ganz überraschend. Da können wir den Baum ja nicht gebrauchen«, erklärte sie. Ehe er zu Wort kam, waren sie wieder weg.

Fietje hatte seit einer Ewigkeit keinen Baum mehr in seiner Stube gehabt. Er machte sich einen Grog und versuchte, sich auf den Abendkrimi zu konzentrieren. Aber der Baum störte ihn. Es war, als stünde da jemand.

»Was mach ich nu mit dir?« Fietje schaltete die Lichterkette aus. Doch das machte den Anblick trostlos, also montierte er sie ganz ab. Als er sie in einer Ecke in der Besenkammer verstecken wollte, fiel ihm ein Umschlag mit bunten, wertlosen Briefmarken in die Hand, die ihm einmal jemand zum Julklapp geschenkt hatte. Er schüttete den Umschlag auf den Tisch, feuchtete die Marken mit einem Schwamm an und klebte sie auf die dicken, einförmigen Kugeln. Nun gefielen sie ihm schon besser.

Kerzenhalter für den Baum fand er nicht mehr, also bastelte er welche aus Wäsche- und Büroklammern und befestigte fünf Bienenwachskerzen auf den Zweigen.

Jetzt ging es ihm besser, und er bekam noch mit, wer der Mörder gewesen war.

Am nächsten Tag war Heiligabend. Fietje drehte die Weihnachtsmusik im Radio auf, aß Plätzchen, die ihm die Hanna von nebenan gebracht hatte, und sah auf das

Leuchten der Kerzen. Was war in diesem Jahr eigentlich so gut gewesen, dass die Kerzen einen Grund hatten, dermaßen zu strahlen? In letzter Zeit machte sich in seinen Erinnerungen ein Nebel breit, dessen immer dichteres Grau alles verschluckte, was vor kurzem gewesen war. Er konnte sich an die Rosinen in seiner Schultüte vor fünfundsechzig Jahren erinnern und an die braungebrannten Knie des Nachbarmädchens, mit dem er damals spielte, aber nicht an das, was er am Tag zuvor gegessen hatte. Er vergaß, was der Wetterbericht behauptete und dass er mit den Skatbrüdern verabredet war. Was für ein Sommer es gewesen war, nasskalt oder trocken, wusste er nicht mehr.

Von dem ganzen Jahr schien nichts übrig geblieben zu sein, außer dass er eine Zahnlücke mehr hatte. Es machte ihm Angst. Vorsichtig streckte er die Hand nach der Wärme der Kerze aus. Sie tat ihm wohl.

Später pustete er die Kerzen sorgfältig aus und ging früh ins Bett, denn am ersten Feiertag war er mit Arno und Piet zum Skat verabredet. Diesmal vergaß er es nicht, weil er einen großen Zettel an den Kühlschrank geklebt hatte.

Arno polterte herein, zeigte auf die Kugeln und lachte herzlich. »Klasse, Storri, wenn du die nicht mehr brauchst, kannst du sie auf die Post bringen.«

Piet hatte weihnachtsgrüne Pistazieneiskrem mitgebracht. »War im Angebot«, erklärte er. »Ist ein bisschen viel, fünfundzwanzig Kugeln, aber der Rest kann bis zum nächsten Treffen in dein Eisfach. Du hast ja nie was drin.«

Sie gaben ihm einen Nachmittag voller Gelächter. Fietje vergaß den lauernden Nebel. Wie er andere Dinge vergaß. Aber er erinnerte sich an seine Jahre auf dem Krabbenkutter, von denen Piet und Arno, die jünger waren als er, erzählten.

Später an der Haustür klopften ihm beide herzlich zum Abschied auf die Schulter. »Na denn, Storri, auf dass das neue Jahr ein gutes wird!« Die Winternacht verschluckte ihre nicht mehr ganz sicheren Schritte, nur Fetzen eines Seemannsliedes trieben noch zu Fietje hin, der Mühe damit hatte, die verzogene Tür zu schließen.

Ein ganzes neues Jahr. Ob das nicht zu viel für ihn war? Er schob die Zweifel beiseite und hoffte, dass der Nebel wenigstens auch sie verstecken würde.

An diesem Abend war er froh über die Gesellschaft des Weihnachtsbaums. Sie hatten sich aneinander gewöhnt.

Als er am nächsten Morgen die Küche aufräumte, fand er die Verpackungen der Eiskrem. Sie war in lauter einzelnen Kugeln aus durchsichtigem Plastik gewesen, die an der Seite aufklappbar waren. Praktisch. Er spülte die Kugeln ab und hob sie auf, denn er war ein sparsamer Mann und sammelte fast alles, was brauchbar erschien.

Silvester kam und Neujahr und die Rechnung über die Heizkosten, und Ende Januar erschreckten ihn schon die ersten Ostereier im Supermarkt.

Fietje hatte den Weihnachtsbaum abgeschmückt und in eine Ecke des Gartens gestellt, aber er brachte es nicht fertig, ihn zu zerhacken und dem Holzstapel einzuverleiben. Denn er fand, der Baum sähe noch immer grün aus. Sicher, er wirkte ein klein wenig müde, so wie Fietje sich fühlte. Die Nadeln waren krumm geworden wie er selbst, aber nur wenige waren von den Zweigen gefallen. Fietje gewöhnte sich an, ab und zu ein einseitiges Schwätzchen mit dem Baum zu halten. Er berichtete ihm dieses und jenes. Vielleicht blieb der Baum deshalb grün, weil er Zeuge von Fietjes Leben sein durfte. Nur wusste Fietje am nächsten Tag meist nicht mehr, was er ihm erzählt hatte. Das bekümmerte ihn.

»Gut, dass du mich nicht auslachen kannst«, sagte er düster zu dem Baum und entdeckte plötzlich ganz unten in den dichten Zweigen eine vergessene rote Kugel. Als er sie in die Kammer räumte, fand er eine Idee.

Fortan setzte er sich jeden Abend hin und schrieb auf einen roten, gelben oder blauen Zettel aus einem bunten Notizblock, was an diesem Tag das Beste gewesen war. Jeden zweiten Sonntag kochte er sich einen besonders guten Tee, gönnte sich ein Stück Kuchen aus der Bäckerei Hagen und las die Zettel der letzten zwei Wochen durch. Dann suchte er sich das Ereignis heraus, das ihm am meisten bedeutete, zum Beispiel »Berit auf dem Friedhof getroffen, spontaner Spaziergang mit ihr bis zum Leuchtturm«. Vieles davon wusste er schon nicht mehr und staunte, was in zwei Wochen so alles geschehen war. Den ausgewählten Zettel faltete er sorgfältig zusammen und steckte ihn in eine der durchsichtigen Plastikkugeln, in denen das Weihnachtseis gewesen war. Ehe er die Kugel wieder zuklappte, zog er noch einen Faden durch das kleine Scharnier. Dann legte er sie in einen Karton mit drei roten Ausrufezeichen darauf.

Einmal vergaß er eine Woche lang, Zettel zu schreiben, weil er sich um den Hund der Hanna kümmern musste, die krank war. Er war bestürzt, als er es bemerkte. Es war, als hätte er in dieser Woche schon nicht mehr gelebt. Schließlich schrieb er auf sieben Zettel »Mit dem Hund spazieren gegangen«, nur um die Lücke zu füllen.

Im Sommer wurde er Urgroßonkel, und dann stand manchmal auf dem Zettel »Mattis ersten Zahn bewundert« oder Ähnliches.

Der Weihnachtsbaum blieb in seiner schattigen Ecke, in der ihn niemand sah, der Fietje hätte auslachen können. Ein paar herbstliche Spinnweben hingen glitzernd in seinen Zweigen, so dass man seine Müdigkeit nicht sah, und er stand ganz aufrecht.

Nadja und ihr Freund und Baby Matti fuhren schon Anfang Dezember »irgendwo in den Süden« und verschwendeten keinen Gedanken daran, ob Fietje es weihnachtlich hatte oder nicht. Ihm war es gerade recht. Er wollte keine unverschämt dicken roten Kugeln mehr und auch keinen fremden Baum. Sein Baum wusste alles über Fietje und war ein willkommener Freund in seiner Stube. Schnaufend schleppte er ihn am Tag vor Heiligabend herein und schaffte es auch, ihn aufzustellen. Er hatte die Heizung heruntergedreht, damit sich der Baum nicht zu unwohl fühlte.

Sorgfältig hängte er alle durchsichtigen Kugeln an die Äste. Sie wirkten leicht und heiter wie Seifenblasen, und in jeder schimmerte ein bunter Zettel. Fietje war neugierig und spürte dasselbe aufgeregte Kribbeln im Bauch wie als kleiner Junge vor der Bescherung. Er musste sich beherrschen, um noch keine Kugel zu öffnen.

An Heiligabend wachte er auf und wunderte sich über das Gefühl der frohen Erwartung, das sich in ihm umtrieb. Erst als er in die Küche ging und im Vorübergehen den geschmückten Baum sah, fiel ihm ein, was für ein Tag es war. Langsam trank er seinen Feiertagstee, kostete Schluck für Schluck aus und stellte fest, dass es danach immer noch früh am Morgen war. Zum Glück hatte es geschneit, und er verbrachte zwei Stunden mit Schneeschippen. Auch die Hanna konnte dabei Hilfe gebrauchen und lud ihn gleich zum Mittagessen ein.

Danach döste er ein wenig; und schließlich, als er die Kirchenglocken durch das Dunkel läuten hörte, fand er, es sei spät genug für die Bescherung.

Vorsichtig zündete er die Kerzen an. In diesem Jahr waren es zwölf. Für jeden Monat eine, das erschien ihm sinnvoll. Er hatte sogar richtige Halter besorgt. Und einen Eimer Wasser bereitgestellt, schließlich war auch der Baum nicht mehr der Jüngste.

Eine Weile lauschte er noch den Kirchenglocken, bis die Ungeduld zu stark wurde. Behutsam öffnete er endlich Kugel um Kugel und machte sich andächtig das vergangene Jahr zum Geschenk. Er staunte tief, wie bunt sein Leben war.

»Erster Krokus aufgeblüht«, stand da. »Bei Anne

und Lars zum Kaffee gewesen«, »Angeln mit Jakob«, »Eiderenten am Strand gehört«, »Matti hat gelächelt«. Manchmal auch nur »Neue Teesorte entdeckt« oder »Abends noch an den Sonnenaufgang erinnert«. Einmal: »Picknick mit Berit in den Dünen«.

Das Leuchten der Kerzen erschien ihm mit jeder geöffneten Kugel heller. Der Nebel in ihm zog sich bereitwillig vor ihrem warmen Licht zurück und machte Platz für gefaltete rote, blaue und gelbe Erinnerungen, die Fietje mit Stolz und Glück erfüllten.

Um das Haus schwieg der Wind. Der Baum, unter dem Fietje kniete, schien in der nur vom Kerzenlicht aufgehellten alten Stube fast wieder grün. In dieser Stunde fiel keine Nadel, und er breitete seine Zweige weit.

Julis Weihnachtsaufgabe

Leise öffnete Juli die dritte Tür rechts. Aus dem Büro am anderen Ende des langen Flures hörte sie schon die gezackte Stimme der Seniorenheimleiterin: »Wo bleibt Lernschwester Juliane? Die Betten in der Vierundzwanzig sind dran, und Herr Podewils ist immer noch nicht rasiert!«

Herrn Podewils würde das nichts ausmachen, wusste Juli. Er konnte es nicht leiden, rasiert zu werden. »An den Stoppeln merke ich, dass ich noch lebe«, sagte er meist und strich sich zärtlich mit seiner knorrigen Hand über das Kinn. Juli dachte dabei an einen alten Baum, der sich darüber freut, dass seine Blätter austreiben. Es war immer noch seltsam für sie, einem Fremden so nahe zu sein, wie sie Herrn Podewils mit dem Rasierapparat kommen musste. Schließlich war sie bis vor kurzem noch gezwungen gewesen, sich mit so abstrakten Dingen wie Techniken der Ölgewinnung, Texten von Brecht und Gleichungen mit einem rätselhaften X zu beschäftigen. Die hatten ihr nicht in die Augen sehen können und auch nie nach ihrer Hand gegriffen, als hofften sie, Antworten dadurch zu finden. Herr Podewils konnte seine Stoppeln ruhig noch ein paar Minuten behalten.

»Ich habe Ihnen einen Tannenzweig mitgebracht, Frau Rosenplanter«, sagte Juli zu der schmalen Dame hinter der dritten Tür rechts. Sie war kaum zu sehen in ihrem Bett mit dem aschgrauen Vorhang. Kaum größer als die Bettnische war das Zimmer, aber es passte zu Frau Rosenplanter, die man in einem größeren womöglich gar nicht wiedergefunden hätte. Juli nannte sie insgeheim »das Irrlicht«, denn sie hatte als Kind ein Lieblingsbilderbuch gehabt, in dem ein freundliches Irrlicht eine hoffnungsvolle Rolle gespielt hatte. Frau Rosenplanter tauchte ebenso wie dieses oft an unvermuteten Orten auf. Mal im Garten hinter einem Busch, mal im Wandschrank oder hinter einer Tür, auch im Zimmer eines anderen Bewohners. Einmal war sie in den Wald gelaufen, und Juli hatte sie suchen müssen. Sie fand Frau Rosenplanter friedlich auf einem Stein am Teichufer sitzend. Die Pantoffeln, in denen sie losgelaufen war, hingen ordentlich an einem Zweig, und Frau Rosenplanter spritzte mit ihren fröhlich nackten Füßen Wassertropfen in Richtung der Wolken. Das war im November. Die Oberschwester beschwor Juli, diesen Vorfall zu verschweigen. Zum Glück trug Frau Rosenplanter keine Lungenentzündung davon, nur ein seliges Lächeln, das tagelang nicht fortwollte.

Nicht immer wusste sie, wo sie war, doch an anderen Tagen war sie vollkommen wach. Immer aber strahlte etwas wie Mondschein aus ihren Augen.

Im Gegensatz zu manch anderen im Haus, ob Bewohner oder Pflegekraft, war nie Blitz und Donner in ihrer Stimme. Beschwerte sich jemand über die Suppe, oder regte sich die Oberschwester über den Elektriker auf, hatte Frau Rosenplanter ein paar sanfte Worte, die die Spannung im Raum zusammenfallen ließen wie ein misslungenes Omelett. Hatte sie gerade einen ihrer verwirrten Momente, so strich sie den anderen trotzdem zart über den Handrücken, und meist sahen die dann überrascht in das Leuchten ihrer Augen, die merkwürdig größer schienen als der Rest von ihr, und erkannten danach ihren Ärger nicht mehr wieder.

Doch vor einigen Tagen, genau am dritten Advent, war Frau Rosenplanter bettlägerig geworden. Die Ärztin hatte den Kopf geschüttelt. »Sie hat keine Schmerzen«, hatte sie zur Heimleiterin gesagt. »Man kann auch nichts mehr tun. Ihre Zeit ist ganz einfach abgelaufen. Wenn es schlimmer wird, lassen Sie sie ins Krankenhaus bringen.«

Seitdem verschwand Frau Rosenplanter mehr und mehr. Es war, als wären nur noch ihre Augen übrig. Doch aus diesen schien immer noch Mondlicht, und ihr Lächeln war verschmitzt. Juli freute sich jeden Morgen darauf.

»Ich dachte, Sie sollen es hier auch ein bisschen weihnachtlich haben«, sagte Juli und steckte den Tannenzweig in eine grüne Flasche. Aus ihrer Kitteltasche holte sie eine eisblaue Kugel mit einer silbernen Schneeflocke darauf und hängte sie vorsichtig an die Spitze.

»Danke, Kind«, sagte Frau Rosenplanter und lächelte. »Aber in meinem Alter sind die Feiertage kaum noch wichtig. Die Jahre vergehen so schnell, da ist Weihnachten nicht mehr als ein kurzes Husten.«

Sie tastete auf ihrem Nachttisch herum.

»Schau mal, ich habe in einer alten Tasche etwas gefunden. Ich schenke es dir.«

Ihre Hand, kaum spürbarer als der Nebel vor dem Fenster, steckte Juli etwas zu. Es war ein Röhrchen aus Blech, mit einem Schlitz darin und einer langen Schnur am Ende. Außen war es mit gelber Farbe und winzigen bunten Vögeln bemalt. Juli drehte es ratlos hin und her. »So was kennt ihr gar nicht mehr, gell?«, fragte Frau Rosenplanter heiter. »Diese Pfeifen gab es früher auf dem Jahrmarkt. Als ich klein war. Du schleuderst sie an der Schnur im Kreis, und dann zwitschert sie wie ein Vogel.«

Juli wollte es ausprobieren, doch Frau Rosenplanter hob die Hand. »Nicht jetzt«, sagte sie. »Hier ist kein Platz, und meine Ohren sind müde.«

Sie war schon eingeschlafen, als Juli das Zimmer verließ.

An Heiligabend hatte Juli Frühdienst. Sie schmierte zweiundvierzig Brötchen und verteilte die Tabletts auf die Zimmer, während die Oberschwester den Lieferanten herumkommandierte, der die frischen Lebensmittel gebracht hatte.

Zwischen dem neunundzwanzigsten und dem dreißigsten Tablett kam Schwester Britta in die Küche gestürmt. »Frau Rosenplanter! Wir müssen den Krankenwagen rufen! Frau Rosenplanter hat einen Herzanfall.«

Die Heimleiterin folgte ihr mit ruhigem Schritt. »Ich mache das schon«, sagte sie. »Lernschwester Juliane, gehen Sie zu Frau Rosenplanter und bleiben Sie bei ihr, bis der Wagen da ist.«

Juli stand einen Moment erstarrt, dann ließ sie Messer und Brötchen fallen und sauste los.

Frau Rosenplanter saß kerzengerade im Bett. Das Mondlicht in ihren Augen war von einer Wolke verschleiert. Sie zog Juli nachdrücklich am Ärmel zu sich heran. Ihre Lippen bewegten sich. Juli musste ihr Ohr ganz nahe an die Worte halten, um sie verstehen zu können.

»Schnell! Ich wünsche mir jetzt doch noch was zu Weihnachten!«, flüsterte Frau Rosenplanter. »Ich wünsche mir den Sommer!«

Juli hielt den Atem an und fühlte sich klein.

Ein Schmunzeln turnte über Frau Rosenplanters winziges Gesicht. »Keine Angst«, flüsterte sie. »Ich meine ja nur ein Glas kalte Milch. Ich muss die ganze Zeit an einen Tag denken, an dem ich mit Rafael auf einen Berg gestiegen bin. Wir feierten seinen siebenundzwanzigsten Geburtstag, und es duftete nach jungem Gras und Thymian. Irgendwo sang eine Lerche. Der Himmel war so hoch und blau, dass ich dachte, ich würde darin verlorengehen, wenn nicht Rafael mich bei der Hand gehalten hätte. Es gab nirgends Schatten, und wir waren verschwitzt und müde. Und glücklich.« Die leise Stimme machte eine kurze Pause, um nach ein wenig Luft zu suchen. Doch Frau Rosenplanter hatte es eilig. Fest griff sie nach Julis Handgelenk. »Auf einer Alm bekamen wir ein Glas frische kalte Milch … Sie schmeckte wie das Paradies … nach Sommer und nach dem Besten im Leben. Ich hatte das Gefühl, dass es nichts mehr gab, was wir uns noch hätten wünschen können.« Mühsam fing sie wieder einen Atemzug. »Und jetzt möchte ich noch einmal kalte Milch schmecken!«

»Ich bin sofort wieder da«, versprach Juli und legte Frau Rosenplanters Hand sanft unter die Decke.

»Schnell! Aber kalt muss sie sein!«, lief ihr das Flüstern hinterher.

Juli spürte ihr Herz im Hals klopfen, als sie den Flur entlangrannte, der immer länger wurde. Sie warf einen nervösen Blick aus dem Fenster. Vom Krankenwagen war zum Glück noch nichts zu sehen oder zu hören.

In der Küche riss sie die Kühlschranktür auf. Keine Milch! Sie konnte sich nicht erinnern, ob da sonst welche war. Sie packte Micha, der für die Küche zuständig war und gerade das Obst sortierte, an den Schultern. »Haben wir Milch?«

»Die Alten vertragen die doch meistens gar nicht«, sagte er. »In der Kammer steht noch H-Milch, falls wirklich mal jemand welche will.«

H-Milch! »Und kalt ist sie auch nicht!«, stellte Juli entsetzt fest.

»Mach doch Eiswürfel rein!«, schlug Micha unbekümmert vor. »Das schmecken die Alten doch gar nicht.«

Der Blick, der ihn traf, hätte einen blauen Fleck hinterlassen müssen. Frau Rosenplanter einen verwässerten Sommer schenken? Undenkbar.

Einen Supermarkt gab es in der Straße nicht. Juli stürmte trotzdem hinaus, warf einen ängstlichen Blick um sich. Noch kein Krankenwagen. »Weihnachtsmann, wenn es dich doch gibt, halte wenigstens die Sanitäter auf«, dachte sie. »Es geht um Frau Rosenplanters letztes Weihnachtsgeschenk, und ich kann nicht warten, bis du es bringst.«

Sie drückte am Nachbarhaus auf irgendeine Klingel. Das dunkle Gebäude ließ sie gnädig summend ein.

An der ersten Wohnungstür, auf die sie traf, hing eine blaue Weihnachtskugel. Das machte ihr Mut. Auf ihr Klingeln hin öffnete eine dauergewellte Frau im cremefarbenen Kostüm.

»Bitte, haben Sie ein Glas kalte Milch? Es ist ein Notfall!«, stieß Juli hervor.

Die Frau musterte sie. »Karl, komm mal«, rief sie über die Schulter.

Karl kam und betrachtete Julis weißen Schwesternkittel. »Wo sind Sie denn entlaufen?«, fragte er. »Wir verkaufen nichts.«

Er schloss die Tür und schob den Riegel vor. Juli hörte ihn knirschen, oder vielleicht waren es auch ihre Zähne. Sie musste an Maria und Joseph denken. Jetzt wusste sie, wie die sich auf der Suche nach einer Herberge gefühlt hatten.

Es war wie ein schrecklicher Adventskalender. Hinter der nächsten Tür kam ein dicker Mann im Unterhemd hervor, der nach Alkohol roch und Juli angrinste. Sie fragte trotzdem. Frau Rosenplanter und ihr fehlte die Zeit, um wählerisch zu sein. »Komm rein, Schwester, dann bekommste was Besseres als Milch«, grölte er.

Juli flüchtete schleunigst in den zweiten Stock.

Im dritten schließlich öffnete ihr ein kleines Mädchen.

»Habt ihr Milch?«, japste Juli.

Das Mädchen starrte sie an, streckte die Hand nach dem weiten weißen Kittel aus und musterte Julis lange Haare, die sich aus ihrem ordentlichen Pferdeschwanz gelöst hatten. »Papa«, rief das Mädchen, »das Christkind ist da, und es weint!«

Ein junger Mann kam und nahm das Mädchen bei der Hand. Er sah Juli freundlich an.

»Ich brauche den Sommer«, stotterte Juli. »Ich meine, ich brauche ein Glas Milch. Frau Rosenplanter stirbt, und das ist ihr Weihnachtswunsch. Aber kalt muss sie sein!«

Der Mann verschwand. Juli wusste jetzt genau, wie lang eine Ewigkeit ist.

Am Ende der Ewigkeit kam er wieder. Das Glas in seiner Hand trug eine rote Schleife, und kleine Engel und Glocken waren darauf geklebt. »Ich habe es noch schnell dekoriert«, sagte er. »Wenn es doch ein letztes Weihnachtsgeschenk ist. Wir hatten nur Biomilch, ich hoffe, das ist in Ordnung.«

Juli schenkte ihm einen atemlosen Kuss auf die Wange. Das Glas in ihrer Hand war so eiskalt wie ihre Zehen morgens um fünf an der Bushaltestelle.

Als sie mit der Milch den Flur entlanglief, hörte sie draußen die Sirene. Rennen konnte sie nicht, sie hatte ja das volle Glas in der Hand, behutsam, als wäre ein ganzes Leben darin. Plötzlich aber lief alles wie in Zeitlupe. Irgendwo hielt wohl der Weihnachtsmann seine Hand an die Uhr und bremste den Zeiger.

Als Juli endlich die Tür zu Frau Rosenplanters Zimmer öffnete, hörte sie die Sanitäter vorn das Büro der Heimleiterin betreten, hörte deren Stimme ohne Eile mit ihnen verhandeln, hörte Papier rascheln, hörte sogar ein unterdrücktes Lachen. Juli huschte ins Zimmer, schloss die Tür fest hinter sich und schickte damit alle Geräusche fort.

Sie reichte Frau Rosenplanter das Glas. Erst dann fingen ihre Hände an zu zittern, und sie steckte sie in die Tasche.

Frau Rosenplanters Hände waren ruhig, auch wenn sie beide brauchte, um das Glas zu halten. Aufrecht saß sie in ihrem dicken Kissen wie auf einer Wolke, und mit jedem Schluck kehrte das Mondlicht heller in ihre Augen zurück.

»Schön kalt«, sagte sie, und ihr Lächeln kam, ein Lächeln groß wie ein ganzer Sommer. »Ein schöneres Weihnachtsgeschenk hättest du mir nicht machen können.« Ihre Stimme war wieder klar. Sie trank Schluck für Schluck. »Das war alles, was ich mir vom Leben noch gewünscht habe«, sagte sie zufrieden und lehnte sich entspannt zurück.

Dabei fing sie die Frage auf, die Juli nicht zu stellen wagte. »Ja, Kind«, sagte sie sanft. »Manchmal ist es wirklich so einfach.«

Auf dem Flur näherten sich die schweren Schritte der Sanitäter und das Klappern der Trage.

Frau Rosenplanter reichte Juli die Hand. »Danke!«, sagte sie. Nicht »Auf Wiedersehen«.

Dann musste der Weihnachtsmann den Finger von der Zeit genommen haben, denn auf einmal ging alles ganz schnell. Juli wurde beiseitegeschoben.

Sie verrichtete leise ihren Dienst weiter und hörte noch vor der Mittagspause, dass Frau Rosenplanter aufgehört hatte zu atmen, kurz nachdem man sie in der Klinik auf ein Zimmer gebracht hatte.

Juli ging zu Herrn Podewils. »Sie dürfen mich

rasieren«, sagte er tröstend. Das Knattern seiner Bartstoppeln, als der Apparat sie abmähte, gab heute tatsächlich nicht nur ihm das Gefühl, noch lebendig zu sein.

»In ihren Augen war ein beschwingter Frieden, so was habe ich noch nie gesehen«, sagte Juli zu Herrn Podewils, als der Apparat schwieg.

Draußen läuteten die Kirchenglocken und machten dann einer erwartungsvollen Stille Platz.

Auf dem Heimweg durch die seltsam feierliche Dämmerung, die den Park füllte, steckte Juli die Hände tief in ihre Jackentasche. Etwas Kühles rutschte in ihre Hand. Es war die uralte Pfeife, sonnengelb mit kleinen Vögeln darauf. Juli wickelte die Schnur ab und wirbelte das fingerlange Stückchen Blech in einem hohen Kreis.

Ein Vogelzwitschern begann leise und breitete sich um ihre Schritte herum aus, als wäre Sommer.

Der Schneemann, der ganz anders wurde

Frau Kleinwiegel drückte energisch auf den Klingelknopf. Im Haus rührte sich nichts.

»Der muss aber zu Hause sein!«, sagte sie. »Ich habe doch angerufen um herauszufinden, ob er da ist.«

»Und was hat er gesagt?« Emma umklammerte ihre Tasche. Sie wusste nicht, ob sie überhaupt wollte, dass ihr Vater da war. Sie hatte ihn so lange nicht gesehen, dass sie kaum noch wusste, wie er aussah. Vielleicht konnte er sich gar nicht mehr an sie erinnern.

»Nichts. Ich habe gleich aufgelegt. Sonst hätte er womöglich nein gesagt.«

Frau Kleinwiegel drückte noch einmal und ließ den Finger diesmal unerbittlich auf dem Knopf.

Schließlich klapperte etwas, Schritte näherten sich, dann öffnete sich die Tür. Jetzt konnte sich Emma doch ungefähr an ihren Vater erinnern. Seine dunklen Locken sahen aus, als hätte er sich nicht gekämmt, und seine Augen, als wäre er gerade erst aufgewacht. Dabei war es schon Mittag.

Er hatte sie anscheinend auch erkannt. »Emma?«, sagte er verblüfft.

»Sind Sie Herr Fug?«, fragte Frau Kleinwiegel misstrauisch.

»Klar. Und Sie?«

»Kleinwiegel. Ich bin die Nachbarin der Frau Jensen. Manchmal passe ich auf die Emma auf. Aber heute geht das auf keinen Fall. Nicht an Heiligabend. Ich dürfte gar nicht hier sein. Meine Familie wartet schon. Sie müssen sie nehmen, mindestens bis übermorgen.«

»Aber wieso …«

»Mama hat sich das Bein gebrochen«, mischte sich Emma ein.

»Warum hat sie mich denn nicht angerufen?«

»Sie wird gerade operiert. Ich habe versprochen, Emma zu Ihnen zu bringen. Die Großeltern können diesmal auch nicht einspringen. Die sind in Neuseeland bei ihrem Sohn. Ob Sie wollen oder nicht, Emma wird Weihnachten bei Ihnen verbringen.«

»Natürlich will ich«, sagte Emmas Vater und streckte die Hand nach ihr aus.

Seine Hand fühlte sich fremd an. Aber gut.

»Na, dann kann ich ja gehen«, sagte Frau Kleinwiegel erleichtert. Nach ein paar Schritten drehte sie sich noch einmal um. »Sind Sie wirklich Michael Fug?«

»Wenn es Sie beruhigt, kann ich Ihnen meinen Ausweis zeigen.«

»Nein, nein. Es ist nur, Sie sehen so jung aus. Auf Wiedersehen.«

Emma betrachtete ihren Vater. Er sah wirklich nicht aus wie andere Väter. Eher wie Monikas großer Bruder.

Er betrachtete sie auch.

»Ich möchte jetzt nicht sagen, dass du gewachsen bist. Das sagen Erwachsene immer, und man weiß nicht, was man antworten soll, weil es eigentlich eine ziemlich dumme Bemerkung ist. Aber dafür muss ich eine dumme Frage stellen. Wie alt bist du eigentlich?«

»Ich bin acht.«

»Und warum sehen wir uns so selten, dass ich das vergessen habe?«

»Mama und Opa und Frau Kleinwiegel sagen, du hast kein Antwortungsbewusstsein. Oma sagt, du bist zu jung.«

Er lachte. Sein Lachen klang auch mehr wie das von Monikas Bruder. »Kein Verantwortungsbewusstsein. Kann sein.«

»Papa«, sagte Emma vorsichtig, »können wir reingehen, ich hab Schnee in den Schuhen.«

»Na klar, aber kannst du nicht Micha zu mir sagen? An Papa kann ich mich so schnell nicht gewöhnen.«

»Gut – Micha.« Sie probierte es aus. Es kam ihr komisch vor, aber nicht unmöglich.

Im kleinen Flur zog sie die Schuhe aus. Micha schimpfte nicht, weil jetzt überall Schneekrümel herumlagen und zu kleinen Pfützen wurden. Emma wollte in ihrer Tasche nach ihren Hausschuhen kramen, ließ es aber sein. Vielleicht durfte man hier in Strümpfen herumlaufen?

»Komm!«, rief Micha von irgendwo. »Hast du Hunger?«

Sie folgte seiner Stimme in die Küche und sah sich staunend um. Auf dem Herd stand ein Topf mit sehr vielen Würstchen. Der Tisch war voller Teller mit Käse, Gurken, Brötchen, Radieschen, Eiern, und in der Mitte prangte eine große Schüssel Kartoffelsalat.

»Nimm dir, was du magst«, sagte Micha. »Oder wir warten auf meine Gäste. Die kommen gleich. Ich habe sie zum Mittagessen eingeladen, weißt du, weil sie abends alle bei ihrer Familie sein müssen. Wegen Weihnachten.«

»Das musst du ja heute auch«, sagte Emma. »Wegen mir hast du jetzt auch eine Familie. Jedenfalls eine halbe.«

»Stimmt«, sagte Micha. Er klang überrascht.

»Hast du eine Freundin?«

»Zur Zeit nicht. Aber jede Menge Freunde. Und die«, er lauschte mit geneigtem Kopf, »sind gerade im Anmarsch.«

Emma hörte Lachen und Stimmen, die wie eine Welle gegen die Haustür rauschten, dann klingelte es Sturm.

Micha ging öffnen. Emma zog sich vorsichtshalber in die Ecke neben dem Kühlschrank zurück.

Plötzlich war die Küche voller Männer. Emma zählte fünf. Nein, mit Micha sieben. Sie sprachen alle durcheinander, lachten und stürzten sich auf das Essen.

»He, langsam!« Michael wedelte mit den Armen, weil ihm keiner zuhörte. »Ihr müsst euch bitte ein bisschen benehmen. Erstens ist Weihnachten, und zweitens haben wir Damenbesuch.«

»Wie?« Suchend sahen sie sich um. Einer entdeckte Emma in der Nische neben dem Kühlschrank. »Wen haben wir denn da? Einen schüchternen Weihnachtsengel?« Schon hatte er sie sanft unter den Armen gepackt und stellte sie auf einen Stuhl. Alle sammelten sich im Kreis und staunten sie an, als wäre sie vom Himmel gefallen.

»Das ist meine Tochter Emma«, verkündete Micha.

Emma fand, er sah dabei ein bisschen stolz aus.

»Deine Tochter? War das nicht ein Baby?«

»Klar. War sie. Aber das ist acht Jahre her.«

»Ich bin kein Baby«, sagte Emma empört. »Ich gehe in die dritte Klasse!«

»Sie ist viel zu schön für ein Baby«, sagte der, der sie auf den Stuhl gehoben hatte. Er war noch größer und breiter als Micha. Mit ernster Miene gab er ihr die Hand. »Hallo, ich bin Socke.«

»Socke?«

»Und das ist Jumbo«, sagte Micha und zeigte auf den Kleinsten. »Das da ist Kalle und das Johnny und das Donald.«

»Und ich bin Bambi«, ergänzte einer mit sehr langen Beinen. Emma musste lachen.

»Wir kennen uns aus der Ausbildung. Da bekamen viele einen Spitznamen«, erklärte Micha.

»Und du? Was is dein Spitzname?«, wollte Emma wissen.

»Flipper«, sagte Socke. »Er heißt Flipper wie der Delfin, weil er so gerne schwimmen geht.«

»Wir könnten dir auch einen Spitznamen geben«, schlug Bambi vor.

»Genau. Wir sind die sieben Zwerge und sie ist unser Schneewittchen«, lachte Jumbo.

»Schneewittchen mag ich nicht«, erklärte Emma.

»Dann bleiben wir doch einfach bei Weihnachtsengel«, meinte Socke.

»Hier ist ein Würstchen für den Weihnachtsengel«, sagte Micha und gab ihr eins in die Hand.

»Und was wünscht sich so ein Weihnachtsengel zu Weihnachten?«, fragte Johnny.

Emma kaute und dachte nach.

»Is das dein Garten da draußen?«, fragte sie und zeigte mit dem Würstchen aus dem Fenster. Oma wäre entsetzt gewesen. »Darfst du da machen, was du willst?«

»Klar, warum?«

»Ich wünsch mir einen Schneemann!«, verkündete Emma entschlossen.

»Einen Schneemann?« Socke war verblüfft, und auch die anderen hörten auf durcheinanderzureden. »Sonst nichts?«

»Ich hatte noch nie einen Schneemann. Wir haben keinen Garten, und auf'm Spielplatz haben die Kinder den Schnee immer schon zertreten. Auf'm Grünstreifen darf ich nicht, und im Hof hab ich's versucht, aber der Schnee war schmutzig, und außerdem hab ich nur eine kleine Kugel geschafft. Das ging so schwer, und Mama war es auch zu schwer.«

»Also dann, Männer!«, kommandierte Micha. »Esst auf, wir haben eine Mission zu erfüllen!«

»Erst anstoßen«, sagte Jumbo, »ich hab doch extra Weihnachtsbowle mitgebracht.« Sie schöpften duftende Flüssigkeit aus einer großen Schale und stießen an.

»Hier, für dich, Weihnachtsengel!« Johnny gab ihr ein Glas in die Hand, das er mit Saft gefüllt hatte und mit Früchten, so dass es genauso aussah und duftete wie die Gläser der Männer. »Auf den größten Schneemann, den die Welt gesehen hat!«

»So groß braucht der gar nicht sein«, widersprach Emma. »Nur größer als ich. Und eben ein richtiger Schneemann, mit drei Kugeln und 'nem Hut und Besen und Knöpfen und 'ner Mohrrübe.«

Ihre Stiefel waren immer noch nass, aber vor Aufregung spürte sie es nicht. Mit lautem Hallo und Gewitzel pellten sich alle an. Donald half Emma mit der Kordel ihrer Mütze, die sich hoffnungslos verknotet hatte.

»Halt, nicht den Schnee zertreten!«, rief Emma draußen, und alle blieben gehorsam stehen.

»Fang du an, Emma«, sagte Micha, »und wenn die Kugel dir zu schwer wird, helfen wir. Der Anfang ist das Wichtigste an einem Schneemann.«

Kalle hockte sich hin und steckte einen Finger in den Schnee. »Der pappt gut, zum Glück«, stellte er fest. »Wie lange habe ich über so was nicht nachgedacht. Eine Schneeballschlacht könnten wir auch mal wieder machen.«

»Nix da, wir brauchen den Schnee!«, wehrte Socke streng ab. »Los, Emma, fang an, ehe noch mehr auf dumme Gedanken kommen.«

»Sie macht mich eben jünger«, entschuldigte sich Kalle.

Emma formte einen schönen festen Schneeball und fing an, ihn zu rollen. Sie rollte und rollte und schaffte es einmal durch den Garten bis hinten an den Zaun. Da schwitzte sie schon ziemlich. »Micha, Hilfe!«

»Ha, ich werde gebraucht«, freute sich Micha und stapfte zu ihr hin. Gemeinsam rollten sie die Kugel den ganzen Weg zurück, genau neben der Spur, die Emma hinterlassen hatte.

»Du schnaufst ja auch schon, Flipper«, feixte Johnny, »wart, ich helfe euch.« Zu dritt rollten sie die Kugel noch mal durch den Garten hin und her. Die war jetzt schon sehr beeindruckend, fand Emma.

»Das reicht doch, wir müssen doch noch zwei machen«, meinte sie.

»Nee, nee, da geht noch was! Lass mich mit ran!« Socke gesellte sich zu Micha und Johnny. Seine Pranken ließen die Kugel wie von selbst rollen. Die reichte Emma jetzt schon bis zur Schulter.

»Ich kann nicht mehr!«, stöhnte Micha und ließ sich auf die Treppenstufe fallen.

»Weichei!«, spottete Kalle. »Jetzt zeig ich euch mal, wie man das Ding bewegt!«

Immer hin und her wälzten sie die Kugel, von Gartenzaun zu Gartenzaun und zurück, zu dritt, dann zu viert, schließlich zu fünft. Die Kugel war längst so schwer, dass sie allen Schnee aufnahm und hinter ihr der grüne Rasen leuchtete.

»Halt«, protestierte Emma, »es bleibt kein Schnee mehr übrig für den Bauch und den Kopf!«

Aber die Männer hörten sie gar nicht, sie waren jetzt vom Ehrgeiz gepackt, die Kugel immer »nur noch ein Stückchen« weiterzurollen.

»Jetzt geht's wirklich nicht mehr!«, japste Jumbo.

»Doch, doch«, behauptete Johnny. »Fasst alle an, alle, hier, Jumbo unten, Socke und Bambi oben, so, und dann drücken wir auf Kommando: Eins ... zwei ... DREI!«

Und tatsächlich bewegten die sieben Männer, die schon lange nichts mehr dermaßen im Einklang gemacht hatten, die gewaltige Schneekugel noch die letzte Bahn entlang bis in die Ecke des Gartens.

»Uff!« Kalle ließ sich auf die Treppenstufen fallen, die anderen daneben. Stolz betrachteten sie ihr Werk. Micha verteilte Bierflaschen. »Die habt ihr euch verdient, Männer.«

Jetzt erst fiel ihnen Emma ein, die klein und unglücklich neben der Riesenkugel stand, fast unsichtbar in der Dämmerung, die sich unbemerkt angeschlichen hatte.

»Aller Schnee is alle«, klagte sie, »auf der Straße is nur grauer Matsch, und das da is kein Schneemann!«

»Auweia«, sagte Socke reumütig, »und nach Hause müssen wir jetzt auch. Pass auf, Weihnachtsengelchen«, er erhob sich mühsam und hockte sich vor sie hin. »Morgen Vormittag kommen wir vorbei und bringen dir ein paar Eimer Schnee – oder auch fertige Kugeln, stimmts, Männer?«

»Klar! Natürlich! Versprochen!«, versicherten sie im Chor.

Johnnys Handy klingelte. »Meine Frau«, sagte er. »Ich bin spät dran, muss los. Bis morgen! Tschüs Emma, bis denne, Flipper!«

Auf einmal hatten sie es alle eilig. Weg waren sie. Nur ein paar leere Flaschen auf der Treppe und die riesige Schneekugel blieben übrig. Und natürlich Micha und Emma, die sich ratlos ansahen.

»Ist doch nicht so einfach, ein richtiger Papa zu sein«, sagte Micha zerknirscht. »Der Opa und die Mama haben recht, ich bin wohl antwortungslos. Du wünschst dir nichts als einen Schneemann, und nicht mal das bekomme ich hin.«

»Ach, macht nichts«, sagte Emma, aber es klang

weinerlich. Es war Weihnachten, sie vermisste ihre Mutter, es gab keinen Weihnachtsbaum und nun nicht mal einen Schneemann.

»Komm mal her!« Micha nahm sie in den Arm. »Weißt du was, jetzt mache ich dir einen Kakao, damit dir warm wird. Und ich habe eine Idee. Meinst du, wir können deinen Wunsch ein bisschen ändern?«

»Wie ändern?«

»Lass dich überraschen. An Weihnachten gibt es doch sowieso Überraschungen, oder?«

In der Küche war ein Riesendurcheinander, aber der Kakao, den Micha kochte, der war noch viel besser als der von Oma. Wahrscheinlich weil so viel Zucker drin war.

»Hier, Kalle hat Weihnachtsplätzchen mitgebracht.« Micha schob ihr einen Pappteller hin, auf dem Engel und Sterne lagen, bunt bemalt mit Zuckerguss. Die sahen prima weihnachtlich aus und schmeckten auch so. Und der Kakao in ihrem Bauch wärmte wunderbar.

Micha ließ die Rollläden herunter und sperrte so den Garten mit dem missglückten Schneemann aus. »So, pass auf. Du kuschelst dich nebenan mit der Decke auf das Sofa und guckst ein bisschen Fernsehen. Der ist zwar ganz schön alt, aber er geht noch, und da läuft ein Märchenfilm. Und in einer Stunde ist die Überraschung fertig, und wir zwei feiern richtig Weihnachten, auch wenn wir nur eine halbe Familie sind. Es gibt nur eine Bedingung. Du darfst in dieser Stunde auf keinen Fall aus dem Fenster gucken! Schaffst du das?«

Emma glaubte nicht, dass sie das schaffen würde, aber der Film von dem Spatzen, der einem anderen Mädchen eine Überraschung bringen durfte, war so schön, dass sie Micha und die Überraschung ganz vergaß, bis sie ihn im Flur seine Stiefel abklopfen hörte.

Er ließ sich neben sie auf das Sofa fallen. »Puh, ich muss kurz verschnaufen.«

»War die Überraschung so anstrengend?« Emma wurde wieder neugierig.

»Das kann man wohl sagen! Sind noch Plätzchen übrig?«

»Klar.«

»Die nehmen wir mit. Und jetzt zieh dich schön warm an. Hast du noch einen dicken Pulli in deiner Tasche?«

»Nö, glaub nicht.«

»Dann nimm den hier.« Micha nahm einen von der Armlehne und zog ihn ihr über den Kopf. Er roch nach Rauch und nach Micha und reichte Emma bis zu den Knien, und die Ärmel mussten sie ganz weit hochkrempeln. »Jetzt die Jacke drüber und an die Füße die dicken Socken hier«, meinte Micha.

»Dann passe ich nicht in meine Stiefel.«

»Ziehst du sie eben über die Stiefel. Das ist sowieso gut, es ist ein wenig Eisregen gefallen. Alles ist glatt draußen. Wenn man die Socken über die Stiefel zieht, kann man nicht ausrutschen.«

Schließlich zog er ihr noch ihre Mütze über die Ohren, die Handschuhe an und band ihr einen Schal um – aber nicht um den Hals, sondern über die Augen. »Damit du die Überraschung nicht zu früh siehst. So, und jetzt nimm meine Hand und geh vorsichtig. Hier fängt die Treppe an.«

Emma klammerte sich an seine Hand, fühlte nach den Stufen. Aufregend, so ein merkwürdiges Weihnachten bei Micha. Die Socken über ihren Stiefeln klebten am Boden fest, ein komisches Gefühl. Aber er hatte recht, ausrutschen konnte man damit nicht.

»So, hier bleib stehen und rühr dich nicht vom Fleck! Du musst noch einen Moment warten.«

Micha ließ sie stehen. Emma hörte ein Rascheln und das »Ritsch« von Streichhölzern an der Schachtel.

Dann knisterte etwas, das wie ein Radio klang, und tatsächlich, aus dem Knistern wurde leise Musik. »Ihr Kinderlein kommet«, sang jemand.

»So, jetzt darfst du gucken.«

Michas Stimme klang auf einmal ganz feierlich. Er

nahm ihr den Schal ab, legte ihn ihr sanft um den Hals, während sie blinzelte.

»Oooh!«

Vor ihren Füßen führten zwei Reihen Teelichter auf die Riesenschneekugel zu. Damit der Wind sie nicht auspustete, hatte Micha sie in Gläser gestellt – Sektgläser, Biergläser, Saftgläser, Blumenvasen, alles durcheinander, was er eben in seinem Männerhaushalt gefunden hatte. Die Flammen flackerten und tanzten und spiegelten sich dabei in den anderen Gläsern, so dass es aussah, als seien es viel mehr als in Wirklichkeit.

Die Schneekugel aber sah gar nicht mehr so aus wie vorhin – wie eine riesige, etwas schmutzige, nutzlose Kugel, aus der man keinen Schneemann machen konnte und die nur dalag, weil ein paar übermütige Männer sich etwas beweisen wollten.

Jetzt leuchtete sie geheimnisvoll und gemütlich, und sie war hohl und hatte einen Eingang! Einen runden Eingang, und drinnen lag ein roter Teppich. Ganz oben auf der Kugel befand sich ein kleiner Turm mit einem spitzen Dach.

Davor aber stand ein Schneemann. Es war kein großer Schneemann. Aber es war ein richtiger Schneemann! Er trug einen Strohhut, er hatte Kohlenknöpfe, und er hatte eine Nase. Zwar war das keine Mohrrübe, aber …

»Ich hatte nur eine Gurke«, sagte Micha entschuldigend.

»Das macht doch nichts. Sie ist schön, und er sieht so nett aus!«

Denn der Schneemann trug ein Lächeln aus Orangenschale, und es war so freundlich, dass man sich wundern konnte, dass der Schnee nicht dahinschmolz.

Ihm gegenüber stand ein kleiner Weihnachtsbaum. Das heißt, es sah aus wie ein Baum. Eigentlich waren es Tannenzweige, die Micha in einen Blumentopf gesteckt hatte. Aber der Topf war festlich mit rotem Krepppapier umwickelt, die Zweige trugen Ringe und Schleifen aus glänzender Alufolie und die Spitze einen Stern aus zusammengeklebten Streichhölzern.

»Willkommen im Schloss des Schneemanns! Mach es dir gemütlich!«

Micha zeigte mit einer großartigen Geste auf den Eingang.

»Ich darf da rein?«

»Na klar. Das ist ein Iglu!«

Emma ging durch das Spalier aus Lichtern auf den Eingang zu. Es war gut, dass sie die Socken anhatte, denn tatsächlich war überall eine dünne Eisschicht. Die hatte auch die Schneekugel überzogen, so dass sie von außen im Mondlicht glitzerte.

Denn jetzt war der Himmel klar, und die Sterne funkelten, als hätte auch im Himmel jemand Gläser mit Kerzen aufgestellt.

Auf allen vieren kroch Emma in die Kugel. Hier drin war es wärmer als draußen.

»Deswegen wohnen die Eskimos ja in Iglus, weil es warm darin ist«, erklärte Micha.

Innen war es hell, weil Micha eine große Taschenlampe in einen Schneehaufen gesteckt hatte.

Auf dem runden roten Teppich, den Emma vorher im Badezimmer gesehen hatte, lagen noch eine Decke und ein dickes Kissen.

»Mach es dir gemütlich«, sagte Micha. Er kramte in einer Tüte, reichte ihr die restlichen Plätzchen, zwischen denen jetzt Schokoladenengel lagen, und holte eine Thermoskanne hervor. »Jetzt stoßen wir mit Kakao auf Weihnachten an und auf Schneemänner und Weihnachtsengel namens Emma.«

»Komm doch auch rein!«

»Ich bin zu groß, und außerdem ist das dein Schloss.«

»Das Schloss is groß, und du kannst dich kleinmachen. Komm!«

»Na gut.« Tatsächlich schaffte Micha es, sich hineinzuwursteln. Gleich wurde es noch wärmer im Iglu. Dafür mussten sie das Kissen rauswerfen, aber das machte nichts, denn jetzt konnte Emma sich ja bei Micha ankuscheln.

»Das war ja ganz schön schlau von dir mit dem Iglu«, sagte Emma. »Das is das schönste Weihnachtsgeschenk, das ich je bekommen habe.«

»Gut, dass mir die alte Kohleschaufel im Keller einfiel. Das Beste ist, dass ich mit dem Schnee, der beim Aushöhlen herauskam, doch noch den Schneemann bauen konnte. Daran hatte ich vorher gar nicht gedacht«, gestand Micha.

»Dann hattest du ja auch eine Überraschung«, sagte Emma zufrieden.

»Mehrere heute«, meinte Micha, »und du bist die beste davon.«

Sie aßen Plätzchen, das Radio spielte »Stille Nacht, heilige Nacht«, und draußen leuchteten die Kerzen und die Sterne.

»Da is der große Wagen!« Emma zeigte in den Himmel. »Das is das einzige Sternbild, das ich mir merken kann. Weißt du auch welche?«

»Hmm. Doch, ich bin mir sicher, diese Sterne da rechts sind das himmlische Seepferdchen, das den großen Wagen zieht!«

»Himmlisches Seepferdchen!« Emma kicherte. »Das hast du bestimmt erfunden!«

»Wieso? Da sieht man es doch, ganz deutlich! Und den großen Wagen hat auch mal jemand erfunden. Mit dem Himmel darf man machen, was man möchte.«

Emma sah nach oben. »Dann is das da der himmlische Schneemann! Der unterhält sich mit unserem. Er wirft Schneeflocken, wenn er eine Nachricht schicken will. Und was is das da, die fünf Sterne neben dem Mond?«

»Das ist ein Emmaengel. Einer, der immer für dich da ist, wenn ich mal wieder antwortungslos bin.«

Emma lehnte sich an ihn. »Du bist ja gar nicht antwortungslos. Du hast doch gute Antworten … Flipper.«

Micha musste lachen. »Weißt du was«, er sah verlegen zu ihr herunter, »ich habe jetzt auch einen Weihnachtswunsch.«

»Was denn?«

»Ich glaube, ich möchte mich daran gewöhnen, dass du Papa zu mir sagst. Wenn du willst.«

Oben rückte der Mond auf seiner Bahn zufrieden ein wenig näher an den Emmaengel, während in der Ferne die Kirchenglocken anfingen zu läuten und das himmlische Seepferdchen den großen Wagen höher in die Heilige Nacht zog.

❄

Der Weihnachtsspatz

Der Weihnachtsbaum war beinahe so groß wie die kleine Kirche, neben der die Menschen ihn aufgestellt hatten. Ganz auf der Spitze saß aufrecht ein Engel und breitete seine goldenen Flügel aus.

Auf dem Kirchturm saß ein kleiner Spatz und betrachtete den Engel. Der Spatz sah aus wie alle Spatzen in allen Städten. Er war braun und fiel nicht weiter auf. Er hatte nicht einmal einen Namen. Jeden Tag flog er mit seinen Geschwistern und Freunden von Dach zu Dach und auf dem Marktplatz herum, und niemand beachtete ihn. Nur selten warf ihm ein Kind einen Krümel zu.

Der kleine Spatz wäre sehr gern ein Engel gewesen, ein Engel mit goldenen Flügeln, auch wenn der nur aus Plastik war.

»Möchtest du mich für eine Weile vertreten, kleiner Spatz?«, fragte der Engel. »Ich habe nämlich etwas Wichtiges zu erledigen.«

Der kleine Spatz fiel vor Schreck fast von der Kirchturmspitze. Der Engel war ja gar nicht aus Plastik. Er war lebendig!

Der kleine Spatz konnte ja nicht wissen, dass die Engel auf den Weihnachtsbäumen, die neben Kirchen stehen, oft wirkliche Engel sind. Das ist deshalb praktisch, weil die Menschen ihre Sorgen meistens in der Kirche erzählen. So wissen die Engel gleich Bescheid, um wen sie sich kümmern müssen. Engel sind schließlich dazu da, den Menschen zu helfen, besonders an Weihnachten. Und zum Glück haben sie sehr gute Ohren.

»Du könntest für mich heute Nachmittag hier oben sitzen«, sagte der Engel. »Dann könnte ich zu einem kleinen Mädchen fliegen, das getröstet werden muss. Sie heißt Katja und ist im Herbst von einer Schaukel gefallen. Beide Beine hat sie sich gebrochen und muss nun schon so lange im Bett liegen, dass sie vor Langeweile sehr traurig ist.«

»Aber ich bin doch nur ein Spatz«, sagte der kleine Spatz verwundert. Es stimmte ja, dass er sich gerade goldene Flügel gewünscht hatte. Aber einen wirklichen Engel vertreten, das war doch was anderes. Er wusste nicht, ob er das konnte.

»Du brauchst bloß hier oben zu sitzen und die Flügel auszubreiten. Es wird niemandem auffallen«, sagte der

Engel. »Die Menschen sehen, was sie sehen wollen. Niemand erwartet einen Spatzen, wo ein Engel sein sollte. Außerdem können wir ein bisschen nachhelfen.«

Der Engel rückte zur Seite, und der kleine Spatz flog auf die Spitze des Weihnachtsbaums. Er musste sich gut festhalten, denn der Baum schwankte im Wind. Auf der Kirchturmspitze hatte sich der kleine Spatz sicherer gefühlt.

»Ein wenig aufrechter, bitte«, sagte der Engel.

Der kleine Spatz streckte sich und plusterte sich auf, bis er größer aussah.

»Und jetzt die Flügel ausbreiten«, sagte der Engel.

Der kleine Spatz breitete die Flügel aus.

»Gut«, sagte der Engel. Er griff in seine Hemdtasche und streute etwas über den kleinen Spatzen. »Sternenstaub«, sagte der Engel. Der kleine Spatz sah an sich herunter. Seine Flügel glitzerten jetzt wunderschön golden. Vor Stolz machte er sich noch ein wenig größer.

»Das ist zwar geschummelt«, lachte der Engel, »aber die Menschen machen so was auch. Sie nennen es schminken.«

Der Engel versprach, am Abend wiederzukommen, und flog eilig davon. Er freute sich, dass er jetzt nicht nur der traurigen Katja helfen, sondern auch dem kleinen Spatzen seinen Wunsch erfüllen konnte, einmal ein Engel mit goldenen Flügeln zu sein.

Der kleine Spatz platzte beinahe vor Stolz. Es fühlte sich gut an, so aufrecht auf der Weihnachtsbaumspitze zu stehen und auf den Marktplatz mit den vielen Menschen hinabzusehen, die eilig hin und her liefen. Unter ihm breitete der Baum seine Äste aus, und die roten und goldenen Kugeln glänzten herrlich.

Eine Stunde verging; und noch eine. Zwei andere Spatzen saßen eine Weile auf der Turmspitze, aber sie erkannten den kleinen Spatzen nicht und hörten ihn auch nicht rufen. Es wurde langsam anstrengend, so aufrecht zu sitzen und die Flügel auszustrecken. Der Sternenstaub juckte auch ein bisschen. Der kleine Spatz hätte sich gerne geschüttelt. Eigentlich wäre er am liebsten mit seinen Freunden fortgeflogen, um zu spielen. Es war doch ganz schön einsam hier oben. Die Menschen konnte er nicht hören, denn Spatzen haben nicht so gute Ohren wie Engel.

Dann begann es auch noch zu schneien. Der kleine Spatz fing an zu frieren. Er hätte sich gern unter das Kirchendach geflüchtet. Dort kannte er ein kuscheliges Plätzchen nahe am Schornstein. Aber er hielt durch.

Es wurde dunkel, und überall gingen die Lichter an und leuchteten durch den Schnee. Es sah sehr schön aus. Doch der kleine Spatz wusste jetzt, dass er kein Engel sein konnte. Irgendetwas fehlte ihm dazu. Viel lieber wollte er ein Spatz bleiben.

»Entschuldige«, sagte der Engel etwas außer Atem und landete mit einem unengelhaften Plumps neben dem kleinen Spatzen auf einem Zweig. »Es hat so lange gedauert, weil ich einfach keinen Erfolg hatte.«

Der kleine Spatz schüttelte dankbar den Schnee und den Sternenstaub von seinen Flügeln und faltete sie zusammen. Er hüpfte beiseite, so dass der Engel seinen Platz auf der Spitze wieder einnehmen konnte.

»Konntest du die kleine Katja nicht trösten?«

»Nein. Sie glaubt nicht an Engel, und deshalb konnte sie mich nicht sehen, egal, was ich angestellt habe.« Der Engel sah bekümmert aus.

»Und du?«, fragte er den kleinen Spatzen schließlich. »Wie war es, ein Engel zu sein?«

Der kleine Spatz schüttelte den Kopf. »Ich kann kein Engel sein. Dafür fehlt mir irgendwas.«

»Ich weiß schon«, sagte der Engel. »Dir fehlt die Engelsgeduld.«

»Ach so«, sagte der kleine Spatz.

»Die haben nur Engel«, fuhr der Engel fort, »deswegen heißt sie ja auch Engelsgeduld. Nur ganz selten dürfen wir sie an Menschen weitergeben, die sie gerade dringend brauchen. Ich wollte der kleinen Katja welche schenken, weil sie doch so lange im Bett liegen muss und nicht spielen kann. Aber es hat nicht geklappt.« Er seufzte, und ein wenig Schnee flog von der Weihnachtsbaumspitze und traf den Pfarrer, der gerade nach Hause ging, auf die Nase.

»Schade«, sagte der kleine Spatz.

Der Engel sah ihn an. »Ich weiß was«, sagte er. »Du bist müde, aber glaubst du, du könntest vielleicht trotzdem der kleinen Katja helfen?«

»Ich bin doch nur ein Spatz und kein Engel!«

»Gerade deswegen«, erklärte der Engel. »Dich wird sie sehen, denn sie glaubt zwar nicht an Engel, aber sie weiß, dass es Spatzen gibt. Manchmal schenkt sie ihnen Kekskrümel.« Er zog ein weißes Taschentuch aus seinem Hemd und strich mit seinen goldenen Flügelfedern ein paarmal sorgfältig darüber. Dann gab er es dem kleinen Spatzen. »In diesem Taschentuch ist jetzt genauso viel Engelsgeduld, wie Katja braucht«, sagte er. »Du bringst es ihr, ja?«

Er erklärte dem kleinen Spatzen genau, in welchem Haus Katja wohnte und welches ihr Fenster war. Zum Glück kannte der kleine Spatz das Haus, denn es hatte ein breites Dach mit einem Giebel, unter dem Freunde von ihm wohnten.

Der kleine Spatz verabschiedete sich von dem Engel und machte sich auf den Weg. Seine Flügel waren noch ganz steif von dem Nachmittag auf dem Baum, und mit dem Taschentuch im Schnabel zu fliegen war auch nicht einfach. Zum Glück schneite es nicht mehr, sonst wäre das Tuch womöglich nass geworden.

Wahrscheinlich hatte der kleine Spatz ein bisschen von der Engelsgeduld abbekommen, denn obwohl er so müde war, fühlte er sich plötzlich glücklich. Einem Engel helfen zu können gefiel ihm besser, als ein Engel zu sein.

Er fand das Fenster von Katja sofort, und zum Glück war es einen Spalt offen, denn Katja konnte ja nicht aufstehen. Bestimmt hatte der Engel es offen gelassen.

Der kleine Spatz flog auf das Bett. Es war ziemlich hell im Zimmer, weil draußen so viel Schnee lag und die Straßenlaternen brannten. Katja hatte die Hände vor den Augen, und der kleine Spatz hörte sie weinen. Es klang wirklich sehr, sehr traurig. Er hüpfte vorsichtig heran und tippte ihr mit dem Schnabel auf den Daumen. Katja nahm die Hände vom Gesicht. Der kleine Spatz steckte ihr das Taschentuch zwischen die Finger. Katja war so überrascht, dass sie aufhörte zu weinen. Sie setzte sich auf und schnaubte kräftig in das Taschentuch. Dabei atmete sie wohl die ganze Engelsgeduld tief ein, denn als sie mit Schnauben fertig war, lächelte sie. »Das ist aber lieb von dir, dass du mich besuchen kommst, kleiner Spatz.«

Von da an besuchte der kleine Spatz sie öfter, und er sah, dass die Engelsgeduld geholfen hatte. Katja lag meistens fröhlich in ihrem Bett und las oder bastelte oder hörte Musik; und als der Schnee verschwunden war und die Veilchen blühten, waren ihre Beine wieder gesund. Sie spielte mit ihren Freunden auf der Wiese, und manchmal warf sie dem kleinen Spatzen Kekskrümel zu.

Der verkehrte Engel

Jedes Jahr freute sich Sanni darauf, dass am ersten Advent das Engelsglockenspiel aufgestellt wurde.

Schon die Schachtel klapperte so aufregend, wenn Oma sie aus dem großen Karton holte. Oma kam jedes Jahr zum ersten Advent zu Besuch und blieb, bis das neue Jahr anfing. Weil Mama mit dem Backen so viel zu tun hatte, waren es Oma und Sanni, die für den Adventsschmuck zuständig waren. Es gab große Strohsterne, die mit spitzen Reißzwecken an die Wände geheftet wurden, und Lichterfiguren für die Fenster.

Aber am liebsten mochte Sanni das Engelsglockenspiel.

Es schimmerte golden. Unten war ein Teller mit vier Kerzenhaltern, in die Sanni rote Kerzen stellen durfte. In der Mitte steckte ein Stiel, und an diesem Stiel hingen drei Glocken. Ganz oben drauf kam ein Flügelrad, das sich drehte, wenn die Kerzen brannten.

Und an dieses Rad hängte Oma ganz zum Schluss das Allerwichtigste: fünf goldene Engel. Jeder Engel hielt eine zarte Stange, mit der er gegen die Glocken schlug, wenn das Rad sich drehte. So ertönte eine feine, silberhelle Musik. Sanni spürte jedes Mal ein glückliches Kribbeln im Bauch, wenn das Klingeln anfing.

Oma und Vater konnten die Musik nicht mehr hören, weil ihre Ohren schon so alt waren. Das machte die Musik noch aufregender, weil sie fast nur für Sannis Ohren war, so als teile sie mit den Engeln ein Geheimnis.

Diesmal aber blickte der Vater streng auf das Glockenspiel, als sie beim Kaffee saßen und die erste Kerze auf dem Adventskranz leuchtete. »Da stimmt was nicht«, sagte er vorwurfsvoll. »Der eine Engel ist verkehrt!«

Tatsächlich hatte Oma den Engel falsch herum aufgehängt. Alle Engel flogen ordentlich vorwärts, nur dieser eine, der flog rückwärts. Sanni staunte, wie gut er das konnte.

Oma strich sich eine widerspenstige weiße Haarsträhne aus der Stirn und aß seelenruhig ihren Marzipanstollen. »Das macht gar nichts, wenn sich einer mal anders benimmt als alle anderen«, sagte sie. »Auch bei Engeln nicht.«

Mama versuchte, den Engel richtig herum zu hängen, doch der Engel war heiß von den Kerzenflammen, und sie konnte ihn nicht anfassen. Also flog er weiter rückwärts.

Am nächsten Tag, als die Kerzen aus waren, sah Sanni, wie der Vater den Engel sorgfältig richtig herum drehte.

Doch seltsam, als sie am zweiten Advent neue Kerzen anzündeten, flog der Engel wieder rückwärts! Vater schüttelte den Kopf. Oma aß Marzipanstollen. Und Sanni bewunderte den Engel. Sie fand ihn mutig.

»Oma«, fragte sie, »Engel, die rückwärts fliegen, laufen die auch rückwärts?«

»Ganz bestimmt laufen die rückwärts«, sagte Oma.

Vater pustete laut in seinen Kaffee.

Am Montag in der Schule schüttelte die Lehrerin den Kopf über Sanni. »Du sollst doch mit der rechten Hand schreiben, nicht mit der linken«, sagte sie. »Die anderen Kinder machen das auch alle so.«

»Das ist doch nicht schlimm«, sagte Sanni. »Es gibt sogar Engel, die sich anders benehmen als alle anderen.«

»Soso«, sagte die Lehrerin. »Ich dachte, gerade Engel sind besonders brav.«

Am Mittwochmorgen zeigte Jörg mit dem Finger auf Sanni und lachte sie aus. »Guckt mal, die Sanni kann sich noch nicht mal richtig anziehen!«

Sanni sah an sich herunter und merkte, dass sie ihre Jacke in der Eile verkehrt herum angezogen hatte.

»Na und«, sagte sie. »Es gibt schließlich sogar Engel, die verkehrt herum fliegen!«

Jörg lachte noch mehr, aber Sanni ließ sein Lachen einfach nicht in ihre Ohren, sondern stellte sich vor, es wäre das helle Klingeln der Engelsglocken.

Am Freitag sah sie, wie Rolf und Jörg auf dem Pausenhof mit harten Schneebällen nach dem kleinen Hajo warfen. »Seht mal, wie der Esel rennt!«, riefen sie. Hajos rechtes Bein war kürzer als das linke und auch nicht so kräftig. Wenn er rannte, sah es ein wenig aus wie ein Galopp.

Sanni nahm Hajo bei der Hand. »Lasst ihn in Ruhe!«, schrie sie. »Es macht nichts, dass er anders ist. Es gibt auch Engel, die anders laufen als alle anderen! Das sind ganz besondere Engel!«

»Die spinnt mit ihren Engeln«, sagte Jörg zu Rolf. »Hast du schon mal 'nen Engel gesehen, der verkehrt herum fliegt?«

»Ich hab überhaupt noch keinen Engel gesehen«, sagte Rolf. »Die Sanni hat'n Knall.«

Abends erzählte Sanni alles der Oma.

»Hmmm«, sagte Oma nur.

An diesem Sonntag brannten drei Kerzen auf dem

Adventskranz, und der eine Engel flog immer noch rückwärts. Draußen schneite es zum ersten Mal in diesem Jahr.

Am Montag schneite es immer noch, und weil die Wolken so schwer und dunkel waren, wurde es gar nicht richtig hell. Mitten in der Mathestunde sprang Jörg, der am Fenster saß, plötzlich auf und zeigte aufgeregt nach draußen. »Da, seht mal!« Die anderen rannten auch zum Fenster. »Kinder!«, rief die Lehrerin und schüttelte den Kopf. Niemand hörte ihr zu, also wurde auch sie neugierig und sah hinaus.

Draußen lief eine Gestalt über den Hof. Sie ging ein wenig krumm, aber das konnte an den bunten Päckchen liegen, die sie trug. Ihr Haar war weiß, aber das war bestimmt, weil es schneite. Auf dem Haar trug sie einen goldenen Heiligenschein, und ihr Gewand war hellblau und reichte bis zum Boden. Sanni fand, es hatte Ähnlichkeit mit Omas Bademantel, nur waren weiße Federn darauf verteilt.

Die Gestalt trug auch eindeutig zwei große, weiße Flügel auf dem Rücken.

»Ein … ein Engel!«, stotterte Rolf.

»Und er geht rückwärts!«, stellte Jörg fest und sah Sanni mit großen Augen an.

Sanni war genauso erstaunt und riss das Fenster weit

auf, um besser sehen zu können. Der Engel stapfte tatsächlich rückwärts durch den Schnee, der schon ziemlich tief geworden war. Er kämpfte sich über den ganzen Hof, ohne sich einmal umzudrehen, und verschwand um die Hausecke.

Sanni wollte am liebsten hinunterrennen, aber die Lehrerin wurde nun wieder streng. »Wer nicht sofort auf seinem Platz ist, muss nachsitzen!«, rief sie.

Jörg und Rolf tuschelten aufgeregt miteinander.

Ein wenig später klopfte es an der Tür. Der Hausmeister kam mit einem blauen Päckchen herein. »Das ist für Hajo Hentschel abgegeben worden«, sagte er.

Da die Stunde zu Ende war, durfte Hajo das Geschenk gleich auspacken. Er vergaß vor Aufregung beinahe zu atmen. In dem Päckchen waren wunderschöne Kniestrümpfe, mit Rentieren und einem Weihnachtsmann darauf und einem feinen goldenen Rand obenherum.

»Das ist doch nichts für Jungs«, sagte Jörg, doch man konnte sehen, dass er neidisch war.

Hajo strahlte. Niemand würde mehr über seine Beine lachen, denn er trug Strümpfe, die ein Engel gestrickt hatte. Ein ganz besonderer Engel.

Die ganze Klasse stürmte auf den Hof und untersuchte die Spur, die der Engel im Schnee hinterlassen hatte. Man sah die Schleifspuren von seinem langen Gewand und dass die Flügelspitzen ab und zu den Boden berührt hatten. Und der Engel war barfuß gewesen, wie es sich für Engel gehört. Die Fußspuren bewiesen auch, dass der Engel wirklich rückwärts gegangen war. Sogar Jörg und Rolf mussten das zugeben.

»Oma«, sagte Sanni abends, »die Engel, die sich verkehrt benehmen, die mag ich am allerliebsten.«

»Das freut die Engel bestimmt – hatschi!«, sagte Oma und schnaubte in ihr Taschentuch.

Und obwohl Vater das ganze Wohnzimmer aufgeräumt und die Lichterbilder an den Fenstern gerade gerückt hatte, flog der Engel am Glockenspiel auch am vierten Advent rückwärts.

Was der Weihnachtself suchte

Der Winter war kälter als alle, an die sich irgendjemand erinnern konnte. Durch die alten Fensterrahmen pfiff der frostige Wind, und die Sonne wollte morgens gar nicht aufstehen. Kurz vor Weihnachten verlor Tanja auch noch ihre Arbeit. Sie hatte in einem Laden Kleider verkauft, lange Kleider aus Samt und Brokat für ganz besondere Gelegenheiten. Doch nun hatten die Menschen kein Geld mehr für feine Kleider. Viele hatten keine Arbeit, und dabei kostete es immer mehr, die Wohnungen warm zu halten.

»Was machen wir denn jetzt, Mama?«, fragte Kerstin. Sie war gerade acht Jahre alt geworden, und weil es in ihrer Familie keinen Papa mehr gab, waren Tanja und sie es gewohnt, auf Probleme zusammen eine Antwort zu finden.

»Ich habe eine Idee«, sagte Tanja und sah hinaus in den Schnee, der sich wie ein Pelzkragen um das Fenster setzte. »Im Laden habe ich gesehen, dass viele Frauen sich teure Handtaschen ansehen. Sie drehen sie hin und her, fassen hinein, streicheln sie und wünschen sich, dass sie einmal mit einer so wunderschönen Handtasche ausgehen können. Aber ihr Geld reicht meistens nur für ein Kleid, wenn überhaupt. Nicht auch noch für eine Handtasche. Sie legen sie traurig wieder hin und gehen nach Hause.«

Kerstin stellte sich das vor. »Das ist aber schade, Mama.«

Tanja ging zu ihrem Schrank und zog eine Schublade auf. Kerstin sah hinein und entdeckte grünes Seidenpapier. Sie schnupperte.

»Was so gut riecht, ist feines Leder«, erklärte Tanja und nahm das Seidenpapier vorsichtig weg. Darunter lag eine Tasche aus weichem blauen Leder mit silbernen Knöpfen daran und einem kleinen, funkelnden Stein an einem Reißverschluss. »Die habe ich vor sehr langer Zeit zu Weihnachten bekommen.«

Kerstin strich vorsichtig über die Tasche. »Wie von einer Prinzessin.«

»Siehst du, und es gibt viele Frauen, die sich für einen Abend gern wie eine Prinzessin fühlen würden«, sagte Tanja.

»Wie Aschenputtel?«

»Ja, so ähnlich. Und deshalb werde ich jetzt eine Annonce für die Zeitung schreiben und fragen, ob nicht jemand meine Tasche mieten möchte. Das ist viel billiger als kaufen.«

Tanja hatte oft verrückte Ideen, und sehr oft wurde nichts daraus. Darum waren sie und Kerstin überrascht, wie viele Menschen sich meldeten. Da gab es Frauen, die für einen Weihnachtsball ein wunderschönes blaues Kleid gekauft hatten und nun noch eine Tasche dazu brauchten. Andere konnten sich kein neues Kleid leisten und dachten, sie würden sich in dem alten besser fühlen, wenn sie wenigstens eine schöne Tasche dazu hätten. Auch Männer riefen an, für die ein richtiges Geschenk zu teuer war, die ihrer Frau aber wenigstens für einen Abend eine Freude machen wollten.

Also wickelte Tanja die Tasche in das Seidenpapier, packte sie vorsichtig in einen schönen Karton und schickte sie immer wieder auf die Reise. Nach drei oder vier Tagen kam die Tasche in demselben Karton wieder zurück. Oft lag eine Karte dabei, auf der stand: »Danke, ich hatte einen wundervollen Abend.«

»Wieso wundervoll?«, wollte Kerstin wissen.

»Weil für sie der Abend voller Wunder war, denn sie haben sich gefühlt, als hätten sie Glück«, sagte Tanja. »Sie fühlten sich schön und so, als wäre alles möglich, weil sie eine Tasche trugen, wie sie sie sonst nie haben. Sie haben ihre Sachen darin aufbewahrt, ihr Taschentuch, ihren Kamm, ihren Schlüssel, und da war es ein bisschen so, als ob sie ihr Leben ganz neu verpackt hätten. Und weil sie wussten, dass sie die Tasche nicht behalten konnten, war es etwas ganz Besonderes für sie.«

Dafür, dass sie Tanjas Tasche leihen durften, zahlten die Menschen Miete. Es war nicht viel, aber die Tasche wurde so oft ausgeliehen, dass Tanja von dem Geld eine zweite, rote Tasche kaufen konnte, und dann eine weiße und schließlich eine schwarze mit goldenen Streifen. Sie kaufte große Taschen und kleine Taschen und sogar Taschen für Männer, und alle wurden sie immer wieder ausgeliehen, so dass Kerstin jeden Tag half, mit dem Fahrrad die Pakete zur Post zu bringen. Das ging prima, weil leere Taschen ja ziemlich leicht sind.

Als das Jahr um und schon beinahe wieder Weihnachten war, konnten sie inzwischen von all dem Geld die Miete bezahlen und die Heizung und das Licht und das Telefon und was man sonst so alles braucht. Es ging ihnen richtig gut. Nur eines wunderte sie.

Jedes Mal, wenn die Taschen zurückkamen, waren sie ein bisschen schwerer als vorher, obwohl sie leer waren und auch nicht schmutziger als beim Wegschicken, denn die Leute gingen sehr vorsichtig damit um. Tanja fasste immer verblüfft in jedes Seitenfach, weil sie dachte, der Benutzer müsste etwas darin vergessen haben.

Aber da war nichts. Tanja wog die Taschen auf der Küchenwaage, die sie sonst für das Mehl brauchte, wenn Kerstin und sie Plätzchen backten. Sie dachte, sie bilde sich das Gewicht nur ein. Aber die Taschen waren tatsächlich jedes Mal ungefähr neunundzwanzig Gramm schwerer. Kerstin war das richtig unheimlich.

Am vierten Advent holte Tanja wieder eine Tasche aus einem Paket. Sie war besonders schwer. Tanja drehte sie um und schüttelte sie heftig, aber es war nichts darin. »Der Himmel weiß, woher das kommt!«, rief sie.

Plötzlich hörte Kerstin draußen auf dem Fensterbrett ein Rascheln. Sie schob die Gardine beiseite, und als sie das Fenster öffnete, schwirrte etwas an ihr vorbei und landete auf dem Regal.

»Der Himmel weiß es wirklich«, sagte eine Stimme, die hell und klar war wie die Winterluft.

Kerstin schob ihre Hand schnell in Tanjas. Auch Tanja war ganz erschrocken einen Schritt zurückgetreten und hatte die Tasche fallen lassen.

Auf dem Regal saß jemand, der ungefähr halb so groß war wie Kerstin und noch zierlicher. Er war schneeweiß und hatte hellblaue Flügel, die aussahen wie aus Eis. Nicht zwei Flügel, wie sie ein Engel hat, sondern vier, so wie die Libellen, die an Sommertagen über dem See umherflogen.

»Ihr braucht keine Angst zu haben«, sagte er. »Ich bin natürlich ein Weihnachtself. Was denn sonst, um diese Jahreszeit?«

»Einer von denen, die dem Weihnachtsmann helfen?«, fragte Kerstin mit großen Augen.

»Genau. Und der schickt mich. Ich soll dich fragen, ob er das haben kann, was in deinen Taschen ist«, sagte der Elf zu Tanja. Er schwirrte vom Regal und hob die heruntergefallene Tasche auf. Kerstin hörte seine Flügel leise klirren und spürte einen kühlen Wind. »Du würdest ihm sehr damit helfen.«

»Aber in den Taschen ist doch gar nichts«, sagte Tanja verwirrt.

»Ach nein? Und wo, denkst du, kommen immer die neunundzwanzig Gramm her?« Der Weihnachtself lächelte. »Du kannst es nur nicht sehen. Aber du kannst es mir glauben. Du hast doch selbst gesagt, der Himmel weiß es!«

»Aber was ist es denn?«, fragte Kerstin.

Der Weihnachtself war damit beschäftigt, etwas unter seinem Flügel hervorzuholen. Es sah aus wie ein leerer weißer Luftballon. Er begann ihn aufzupusten, bis ein großer Sack daraus wurde. Seltsamerweise zischte die Luft nicht wieder heraus. Der Elf hielt die schwere Tasche über die Öffnung und schüttelte sie. Kerstin konnte nichts herausfallen sehen, aber als der Elf Tanja die Tasche zurückgab, war sie wieder so leicht wie an dem Tag, als sie ganz neu war. »Kann ich bitte auch die anderen Taschen haben?«, fragte er.

Verwundert holte Tanja die blaue, die rote, die weiße und alle anderen Taschen aus dem Schrank, die gerade nicht unterwegs waren. Kerstin half ihr. Wenn der Weihnachtsmann um etwas bittet, kann man nicht nein sagen.

Der Elf schüttelte eine Tasche nach der anderen über dem Sack aus, bis er richtig außer Puste war. »Der Weihnachtsmann freut sich sehr über deine Idee«, schnaufte er. »Niemand sonst hat so viele Taschen mit so viel drin, was er so gut gebrauchen kann.«

Tanja nahm ihm die ausgeleerten Taschen ab. Alle waren wieder leicht. Der Elf wischte sich über die Stirn, und etwas fiel klirrend zu Boden. Kerstin sah, dass es gefrorene Schweißtropfen waren.

»Erklärst du uns jetzt, was in deinem Sack ist?«, fragte Tanja.

»Hast du ein Glas Saft? Am liebsten Kirschsaft«, bat der Elf. Während er trank, erklärte er, was der Weihnachtsmann so nötig brauchte. »Wenn die Menschen einen besonderen Abend erleben und dabei deine Taschen tragen, träumen sie«, erzählte er. »Sie träumen davon, wie es wäre, wenn sie schön wären oder viel Geld hätten oder einfach jemand anderes sein könnten. Diese Träume interessieren den Weihnachtsmann nicht so sehr. Aber zwischen sie geraten oft auch die sehr wichtigen Träume. Einer wünscht sich vielleicht, dass ihn auch mal jemand liebt. Ein anderer, dass er es schafft, seine Kinder öfter zum Lachen zu bringen. Oder dass seine Mutter wieder gesund wird.« Der Weihnachtself wischte sich über den Mund. Ein schneeweißer kirschsaftverschmierter Weihnachtself sah lustig aus, fand Kerstin. Aber der Elf war ganz ernst. »Wenn die Menschen die Taschen wieder abgeben müssen, geben sie meistens auch die Träume mit ab, weil sie denken, sie können nicht in Erfüllung gehen. Sie denken, weil die Tasche nur gemietet war, waren auch die Träume nur geliehen. Und so bleiben diese Träume in den Taschen. Dort sammeln sie sich an, und die Taschen werden immer schwerer.«

»Das erklärt einiges«, sagte Tanja und nahm Kerstin fest in den Arm.

»Und der Weihnachtsmann kann die Träume gebrauchen?«, fragte Kerstin.

»Ja«, sagte der Elf. Er zog sich ein weißes Haar aus und band damit den Sack fest zu. »Nirgends sonst findet er so viele ehrliche Wünsche von Erwachsenen wie in diesen Träumen. Die Kinder sind ja so nett und schreiben ihre Wünsche auf Zettel. Die Erwachsenen machen es ihm viel schwerer. Dieses Jahr erspart ihr ihm viel Zeit und Mühe.« Der Elf schwang sich auf das Fensterbrett und zog den Sack hinterher.

»Ist das nicht zu schwer für dich?«, fragte Kerstin besorgt. Sie wusste ja, was die Träume in den Taschen gewogen hatten.

»Keine Angst. Träume geben einem Weihnachtself eine Menge Auftrieb«, versicherte der Elf. »Außerdem hatte ich ja den Kirschsaft.«

Kerstin sah ihm nach, bis er zwischen den Sternen verschwunden war. Dann machte sie das Fenster fest zu. Es war immer noch ziemlich kühl im Zimmer. »Jetzt können wir uns im nächsten Jahr ja immer freuen, wenn die Taschen schwer sind«, sagte sie.

»Ja«, sagte Tanja und schenkte ihr den Rest Kirschsaft ein, »sicherheitshalber sollten wir noch mehr Taschen kaufen, damit der Weihnachtsmann alle Wünsche finden kann.«

In dieser Nacht träumte Kerstin von einer ganz besonderen Tasche für Tanja, die ganz bestimmt auch Wünsche hatte, die der Weihnachtsmann finden sollte.

Die würde sie im nächsten Jahr dem Elf als Allererstes geben.

Liljas Lichter

Es ist der Tag, an dem die Adventskalender und das Warten zu Ende sind. Doch seit Lilja das vierundzwanzigste Türchen geöffnet hat, hat dieser Tag tief eingeatmet und sich zu einem Berg aufgeblasen, so dass man nicht vom Mittag bis zum Abend sehen kann. Und über diesen Berg muss Lilja ganz alleine. Sie ist einsam heute, so einsam, dass es ihr Angst macht.

Lilja hat vier Geschwister. Alle älter als sie. Die können Dinge, von denen man ihr verspricht, dass sie sie auch können wird. Irgendwann. Wenn die Zeit so weit ist. Die Zeit ist ihr ein Rätsel, und im Moment gehört sie nicht zu ihren Freunden. Sie stellt sich die Zeit vor wie die schwarzen Schallplatten, die ihre Geschwister ständig auf der Maschine mit der spitzen Nadel abspielen. Sie darf sie nicht anfassen, wenn niemand dabei ist. Denn die Platten sind zerbrechlich. Genau wie die Zeit, in der ständig Dinge verschwinden und nicht wiederkommen, so wie das Vorlesen am Abend, das keiner mehr für nötig hält, seit Lilja lesen gelernt hat.

Mit den Platten kann man die Zeit auch messen. »Wenn die Platte zu Ende ist, musst du ins Bett«, sagt dann Sonja, ihre Schwester.

Das Komische ist, dass die Musik klingt wie Licht und Farben, aber die Schallplatten sind furchtbar schwarz, und sie bleiben auch schwarz, auch dann, wenn die Nadel arbeitet und die unsichtbare Musik findet und in die Luft wirft. Und wenn die Nadel in der Mitte angekommen ist, ist Stille, und von der Musik bleibt nichts übrig.

Lilja überlegt, was passiert, wenn sich die Zeit einmal zu Ende gedreht hat. Ist dann da auch nur noch Stille und das Loch in der Mitte? Doch ihr ganz großer Bruder Leo sagt, das wird nicht passieren, solange es Lilja gibt. Leo kann sie immer beruhigen, ganz gleich was passiert. Schon weil er so breite Schultern hat und sie hochheben kann, als wäre sie nur ein federleichtes Flaumknäuel, wie die Küken, denen sie im letzten Sommer beim Schlüpfen zugesehen hat. Mit Leo ist alles leicht.

Aber Leo ist nur noch selten da. Und auch Sonja und Lisa und Felix kleckern nur noch stundenweise durch Liljas Tage. Beim Essen bleiben immer mehr Stühle leer. »Die Großen haben zu tun«, sagt Liljas Mutter.

Lilja war einmal unartig, als Sonja und Lisa über ihre Hefte gebeugt saßen und sie einfach nicht beachten wollten. Die Nadel kratzte die Musik so laut aus der

Schallplatte, dass sie Liljas Worte nicht einmal hören konnten. Da hat Lilja kleine Papierkügelchen auf die Platte fallen lassen. Sie wollte sehen, ob man die Zeit bremsen kann oder Dinge hineinmogeln. Doch die Papierkügelchen haben der Musik nichts ausgemacht. Sie sind einfach immer näher an den Rand gerollt und dann von der Platte geflogen, um in irgendeiner Zimmerecke zu verschwinden. Lilja hat sie gar nicht mehr wiedergefunden.

Die Zeit kann man also nicht beschummeln.

Und Lilja hat das Gefühl, dass Leo und Sonja und Lisa and Felix einer nach dem anderen aus ihrer Zeit fliegen und verschwinden werden – genau wie die Kügelchen.

Aber heute ist Weihnachten, und darum sind ausnahmsweise alle da, und Lilja ist eigentlich glücklich.

Trotzdem ist sie einsam, denn die Großen sind alle in ihren Zimmern und furchtbar damit beschäftigt, Dinge zu können und mit wichtigem Rascheln Geheimnisse einzupacken. Liljas Päckchen sind schon seit Tagen fertig. Sonja hat ihr dabei geholfen. Und nun hat sie nichts zu tun.

Sie hockt sich in ihr Puppenhaus. Das haben Leo und Sonja im letzten Jahr für sie gebaut, damit sie mit den Puppen spielen kann und nicht alleine ist, wenn die anderen aus der Zeit fliegen. Mit Puppen kann sie nicht viel anfangen, denn sie machen keine Fahrradausflüge mit ihr oder Wasserschlachten oder Schneemänner. Aber das Haus ist toll. Es ist gerade so groß, dass Lilja hineinkriechen und die Türen hinter sich zuklappen kann. Und weil sowieso nur Lilja hineinpasst, merkt sie da drin nicht so, dass sie alleine ist. Allerdings kommt kaum Licht herein, denn die Fenster sind klein.

Nun sitzt sie im Dunkeln, lauscht auf die eiligen Schritte draußen und die Stimmen aus den Zimmern, in die sie wegen der Geheimnisse nicht darf. Sie wartet darauf, dass der aufgeblasene Tag wieder ausatmet und sie den Abend sehen kann, in dem das Kerzenleuchten sein wird und das Lachen von allen, die wieder zusammen sind.

Sie zuckt zusammen, als Leos Stimme an der Puppenhaustür klopft. »Lilja, mach auf, hier ist etwas für dich, vom Christkind.«

»Jetzt schon?«

»Ja, das geht nicht später.«

Er hat einen Blumentopf in der Hand. In dem Topf wächst ein Tannenbaum, ein richtiger, echter Baum mit grünem Duft und pieksigen Nadeln. Er reicht Lilja bis zum Knie. »Du hast doch nachher keine Zeit für deine Puppenkinder, weil Weihnachten ist«, sagt Leo. »Deswegen müsst ihr jetzt euer Weihnachten feiern, und darum machen wir aus diesem Baum jetzt einen Weihnachtsbaum.«

Er hat eine winzige Lichterkette dabei und hilft Lilja, sie an den Zweigen zu befestigen, so dass die bunten Glaskerzen aufrecht stehen und jeder kleine Zweig eine bekommt.

Dann zieht Leo das Kabel durch das Küchenfenster vom Puppenhaus und steckt es in die Steckdose.

»Oh, wie schön!«, jubelt Lilja.

Leo überreicht ihr eine Schachtel. »Die Kugeln und Sterne musst du selber an den Baum hängen«, sagt er. »Es ist ja dein Weihnachtsbaum, und ich muss jetzt wieder dem Christkind helfen.«

Noch nie hat Lilja einen eigenen Weihnachtsbaum gehabt. Sie wusste gar nicht, dass sie so wichtig ist.

Die Puppenkinder sind nicht besonders interessiert an dem Baum. Aber für Lilja ist er fast das Schönste, was sie je gesehen hat. Sie macht die Tür vom Haus wieder zu, und nun ist es nicht mehr dunkel, sondern leuchtet in allen Farben, und die Zweige flüstern Schatten an die Wand. Ehrfürchtig öffnet sie die Schachtel und hängt die zarten Glaskugeln an die Äste wie Seifenblasen.

Jetzt ist die Zeit keine schwarze Platte mehr, denn auf ihr brennen grüne und blaue und gelbe Lichter.

Lilja hört eine Musik aus der Zeit kommen, die wahrscheinlich sonst niemand hört, denn es ist ihre Musik, die ihr Weihnachtsbaum macht, tief in ihr drin, ebenso unsichtbar wie die Musik auf den richtigen Schallplatten. Jetzt ist es schön, allein zu sein mit ihren Lichtern und den Schatten zuzuhören.

Der Tag staunt so sehr über Liljas Weihnachtsbaum, dass er ausatmet und der Nachmittag kein Berg mehr ist, über den sie allein muss. Fast zu schnell steht sie schließlich vor dem großen Weihnachtsbaum, mittendrin im Trubel der anderen, die alle da sind und sie mit ihrem Lachen umringen.

Es ist ein schönes Weihnachten, vielleicht das schönste, weil sie spürt, dass es nie wieder so sein kann. Im nächsten Jahr wird Leo schon aus ihrer Zeit geflogen sein, danach Sonja, dann Lisa, dann Felix.

Papa hat eine Karte der Welt in seinem Zimmer an der Wand, mit lauter Stecknadeln darin. Die Grünen stecken überall da, wo er schon gewesen ist. Die Roten stecken da, wo er noch hin möchte. Leo und die anderen werden vielleicht auch wie solche Stecknadeln sein, kleine Punkte irgendwo in der Welt.

Darum ist dieses Weihnachten so besonders und drückt sich in Liljas Erinnerung wie ein Stempel, und wenn sie später daran denkt, denkt sie nicht an den großen Weihnachtsbaum, sondern an den kleinen, den ihr Leo gebracht hat und der ihr ganz eigener war.

Als Weihnachten vorbei ist, kommt ihr Baum nicht in das Kaminfeuer, denn er ist ja noch lebendig. Lilja legt vorsichtig die Lichterkette und die Kugeln in ihre Schachtel, und der Baum darf auf den Balkon und wird gegossen, bis der Frühling kommt und die Erde weich wird.

Im März pflanzt Lilja ihn mit Mamas Hilfe in den Garten, ganz hinten in die Ecke, wo er im Mai ganz von selbst neue hellgrüne Finger in die Zukunft streckt.

Es vergehen viele Weihnachten, und bald ist nur noch Lilja da, denn ihre Geschwister sind längst kleine Punkte irgendwo in der Welt.

Lilja wächst und wächst, aber der Baum wächst schneller und überholt sie. Nie wieder ist er ein Weihnachtsbaum, aber er ist das ganze Jahr unsichtbar geschmückt mit Liljas Erinnerungen und holt mit seinen grünen Nadeln Musik aus der Zeit, die nur sie allein hören kann.

Gemeinsam mit Lilja treibt er immer tiefer Wurzeln in das Leben. Sehr aufrecht steht er. Nur manchmal schwenkt er die Zweige in den Herbststürmen, und Lilja stellt sich dann vor, er dirigiere ihre Träume.

So aufrecht steht er, dass sie sich denkt, er ist ihre

Stecknadel in der Welt. »Hier, hier«, sagt er, »ist Lilja. Hier gehört sie hin.«

Auf seinen grünen stachligen Armen trägt er Liljas Kindheit jedes Jahr ein Stückchen näher an den Himmel. Wahrscheinlich leuchten darum die Erinnerungen noch so hell in der Zeit wie damals die winzige bunte Lichterkette, und wahrscheinlich werden sie darum jedes Jahr schöner.

Ein geheimnisvolles Geschenk

Kalli saß auf der Fensterbank und starrte in die grauen Wolken. Genauso schwer, wie die aussahen, fühlten sich auch seine Gedanken an. Seit Micha von nebenan weggezogen war, hatte er keinen Freund mehr gefunden, nicht nebenan und nicht in der Schule. Und dabei war das schon fast ein Jahr her! Ausgerechnet am Nikolaustag war es gewesen, dass der Umzugswagen um die Ecke bog und Micha endgültig fort war.

Der Winter war lang gewesen und der Sommer nicht so toll, und nun konnte er sich gar nicht auf Weihnachten freuen. Es machte keinen Spaß, alleine Ball zu spielen und Fahrrad zu fahren, und in der Schule stand er auf dem Pausenhof und schämte sich, weil ihn keiner fragte, ob er beim Einkriegen mitmachen wollte. »Du musst einfach selber fragen, dann wird das schon«, sagte sein Vater. Aber so leicht war das eben nicht. Auch wenn Kalli allen Mut zusammennahm und es versuchte, wollte einfach kein Wort herauskommen, wenn er den anderen gegenüberstand.

Es klopfte an seiner Zimmertür, und Onkel Werner steckte den Kopf herein. »Ich wollte nur tschüs sagen. Ich fahr doch morgen nach Island. In drei Wochen komm ich wieder, genau am Nikolaustag.«

»Tschüs«, brummelte Kalli.

»Nanu«, sagte Onkel Werner und kam nun doch herein. »Das klingt aber so gar nicht fröhlich. Was ist los? Freust du dich gar nicht, dass in kaum sieben Wochen Weihnachten ist?«

»Zu Weihnachten kriege ich doch auch keinen Freund«, sagte Kalli. Bei Onkel Werner kamen die Worte ganz leicht. Und das, obwohl der ziemlich groß war und eine tiefe Stimme und riesige Hände hatte. Onkel Werner war mutig. Er war schon in Australien tauchen gewesen und hatte Haifischzähne gefunden. Einen trug er jetzt an einer Kette um den Hals. Kalli durfte ihn manchmal anfassen. Wenn man mit dem Daumen darüberfuhr, war er ganz schön scharf. Manche von den Zähnen waren sogar zu Stein geworden, weil sie schon ewig im Meer gelegen hatten. Am liebsten hätte Kalli Onkel Werner und seine Haifischzähne mal mit in die Schule genommen. Das hätte die anderen Jungs bestimmt beeindruckt.

»Hmm. Island ist ja nicht weit weg vom Nordpol. Vielleicht kann ich ja mit dem Weihnachtsmann sprechen«, meinte Onkel Werner und zupfte sich nachdenklich am Bart, der dafür eigentlich zu kurz war. »Mach's gut, Kalli.« Weg war er. Aber die Wolken sahen auf einmal nicht mehr so dick aus.

Drei Wochen können ganz schön lang sein. Kalli konnte kaum abwarten, ob Onkel Werner tatsächlich den Weihnachtsmann treffen oder ihm wenigstens eine Nachricht schicken würde. Inzwischen schneite es, und Kalli wurde auf dem Schulhof von den größeren Jungs eingeseift. Fast musste er weinen, denn in dem Schnee waren kleine Steinchen, die brennende Kratzer auf seiner Nase hinterließen. Die anderen lachten nur.

Am Nikolaustag saß Kalli wieder auf der Fensterbank neben dem großen Engel in dem weiten weißen Gewand, der in der Adventszeit hier stand, seit Kalli denken konnte. Gedankenverloren aß er einen Schokoladenschneemann, den er in seinem Stiefel gefunden hatte. Heute interessierten ihn die Wolken nicht. Er sah ungeduldig die Straße entlang. Nach und nach leuchteten an den Fenstern die Lichterketten und Sterne auf. Nun musste Onkel Werner doch kommen! Denn der hielt immer, was er versprach. Es war schon fast zu dunkel, um ihn zu sehen, als er endlich auftauchte. In der Dämmerung sah er noch größer aus, beinahe wie der Weihnachtsmann.

Kalli lief rasch hinunter und hüpfte ungeduldig von einem Bein auf das andere, während Onkel Werner sich mit Mama unterhielt. Während sie das Päckchen auspackte, das sie mitgebracht bekommen hatte, zupfte er Onkel Werner am Ärmel. »Warst du beim Weihnachtsmann?«

»Pssst«, sagte Onkel Werner und zog ihn die Treppe hinauf. In Kallis Zimmer winkte er Kalli auf einen Stuhl und schloss sorgfältig die Tür. »Märchenhafte Geschenke müssen ihr Geheimnis behalten. Wenn jeder davon weiß, verlieren sie ihre Magie.«

»Was für ein Geschenk denn? Ich will doch einen Freund!«

»Immer mit der Ruhe. Noch ist ja nicht Weihnachten. Aber der Weihnachtsmann hat mir verraten, wie ich dir helfen kann. Und dann musste ich ganz schön lange suchen, um den Gegenstand zu finden, den er mir empfohlen hat. Island ist groß, und es liegen sehr viele Steine herum. Dazwischen einen ganz bestimmten zu entdecken ist gar nicht so leicht, wie du dir denken kannst. Oder hast du noch nie ein ganz bestimmtes Puzzlestück zwischen vielen anderen gesucht?«

»Doch, aber wozu brauchen wir denn einen Stein?«

»Das ist natürlich ein ganz besonderer Stein. Genau genommen ist es gar kein Stein.«

Das wurde ja immer geheimnisvoller.

Onkel Werner legte ein kleines Päckchen in Kallis Hand. Es roch nach Onkel Werners Tabak, und darin war etwas Schweres. Vorsichtig wickelte Kalli das blaue Seidenpapier ab.

Zum Vorschein kam tatsächlich ein flacher Stein. Er hatte genau dieselbe Farbe wie Kallis Hand. Und die Form – auf der einen Seite waren seltsame Löcher darin – und die Größe – nein, das konnte wirklich kein Stein sein. Es war … es war … »Ein Ohr!«, rief Kalli und ließ es vor Schreck auf den Teppich fallen.

»Na, na«, sagte Onkel Werner und bückte sich danach. »Ein Ohr ist kein Haifischzahn. Das beißt nicht.«

»Aber Onkel Werner … wem gehört es denn? Man kann doch nicht einfach ein Ohr finden!«

»Auf Island schon!«, sagte Onkel Werner triumphierend. »Das ist ja das Tolle. Erinnerst du dich an die versteinerten Haifischzähne und an das, was ich dir von den Haifischen erzählt habe? Dass sie ihr Leben lang neue Zähne bekommen, wenn sie welche verlieren?«

»Klar, aber …«

»Nix aber. Das ist bei manch anderen Lebewesen ähnlich. Bloß für die sind es nicht die Zähne, die am wichtigsten sind. Sondern zum Beispiel die Ohren.« Onkel Werner machte eine bedeutungsvolle Pause und gab Kalli den Stein zurück. »Und das hier ist ein Trollohr. Ein versteinertes natürlich.«

»Natürlich«, wiederholte Kalli verblüfft und drehte das Ohr hin und her. Es war ganz eindeutig ein Ohr. »Aber sind Trolle nicht böse?«

»Es gibt böse, und es gibt freundliche. Wie bei den Haifischen übrigens auch. Aber es ist so: Bei den bösen nutzen sich die Ohren nicht ab, denn sie hören den Menschen nicht zu, sondern haben nur Unfug im Kopf. Aber die freundlichen Trolle bekommen so viele Wünsche und Geschichten zu hören, da brauchen sie manchmal neue Ohren, so wie die Haifische neue Zähne. Die alten verlieren sie einfach. Aber so wie die verlorenen Haifischzähne scharf bleiben – du hast dir ja an meinem schon mal den Daumen geritzt –, so bleiben auch die Trollohren scharf und hören alles, was man hineinspricht. Trolle leben sehr sehr lange, viel länger als wir Menschen.«

»Und deshalb ist das Ohr schon zu Stein geworden?«

»Genau. Und da die Trolle durch die vielen Ohren, die nach ein paar Jahrhunderten Trollleben zusammenkommen, auch eine Menge erfahren, werden sie immer weiser und wissen zu allem einen Rat. Die meisten Ohren liegen natürlich zwischen den Steinen herum, und niemand findet sie. Sonst könnte selbst den Trollen zu viel werden, was sie so alles erzählt bekommen. Aber wie du siehst, habe ich Glück gehabt. Vermutlich war der Weihnachtsmann da nicht ganz unschuldig dran.« Onkel Werner lehnte sich zufrieden in Kallis Schreibtischstuhl zurück, der gefährlich ächzte.

»Und was hilft mir das jetzt dabei, einen Freund zu bekommen?«

»Na, denk mal nach. Hast du noch nie bemerkt, dass Probleme kleiner werden oder sogar verschwinden, wenn man sie jemandem erzählt?«

Hmmm. Kalli dachte nach. Doch, er wusste, was Onkel Werner meinte. Gerade bei ihm hatte das schon öfter funktioniert. Zum Beispiel als Kalli ihm von der Fünf in Mathe erzählt hatte. Da war das auf einmal gar nicht mehr so schlimm gewesen. Aber wenn man sich einen Freund wünschte, dann war das doch viel schwieriger.

»Siehst du, aber manchmal ist es ja auch gar nicht so einfach, jemandem von seinen Sorgen zu erzählen. Aber so einem Trollohr, dem kannst du alles erzählen. Das verrät ja nichts. Und es lacht dich auch nicht aus. Aber es hört immer zu!«

»Und dann darf man sich was wünschen? So wie bei Feen? Können Trolle auch zaubern?«

»Nein. Ein Troll ist ein Troll. Aber probiere es doch

einfach aus. Der Weihnachtsmann wird sich schon etwas dabei gedacht haben, als er mir das für dich empfohlen hat. So, und nun muss ich runter zu deiner Mutter. Bestimmt schimpft sie schon, weil der Kaffee kalt wird.«

Kalli blieb sitzen und betrachtete das Trollohr. Er hatte es so lange in der Hand gehalten, dass es ganz warm geworden war. Es fühlte sich freundlich an, genau wie Onkel Werner behauptet hatte. Das mit den freundlichen Trollen war jedenfalls leichter zu glauben als das mit den freundlichen Haien. Ein bisschen komisch kam er sich schon vor, aber es war ja niemand hier. Vorsichtig hob er das Ohr an seinen Mund. »Ich wünsche mir so sehr einen Freund«, flüsterte er hinein. Er war sich nicht sicher, warum er flüsterte. Aber das Ganze war schließlich ein Geheimnis.

Und wohin jetzt mit dem Ohr? Ein Ohr steckt man nicht so einfach in die Hosentasche. Es durfte ja auch nicht zerbrechen, und in der Schule wurde sowieso alles geklaut. Kalli sah sich im Zimmer um. Der Engel! Der konnte darauf aufpassen, und falls der Troll, dem das Ohr gehörte, doch nicht so nett war, würde der Engel aufpassen, dass nichts Schlimmes passierte. Kalli steckte das Ohr in den weiten seidigen Ärmel. Er hatte mal gehört, wie Vater über Onkel Werner sagte: »Der hat immer noch ein As im Ärmel!« Der Engel hatte jetzt also ein Trollohr im Ärmel. Ob das was nützen würde?

Am nächsten Tag änderte sich nichts auf dem Pausenhof. Einer der Jungs zeigte sogar von weitem auf Kalli und lachte. Und irgendjemand klebte ein Kaugummi hinten auf seine Jacke.

Bekümmert holte Kalli abends das Trollohr aus dem Ärmel des Engels. »Hast du mir nicht zugehört?«, fragte er hinein. Nun flüsterte er nicht mehr. Vielleicht musste er dem Troll ja auch erst erklären, warum er keinen Freund hatte. »Ich bin eben beinahe der Kleinste in der Klasse, verstehst du. Und ich kann nicht so gut Fußball spielen.« Eigentlich klang das gar nicht nach einem richtigen Grund. Ob der Troll das verstehen würde? »Außerdem hab ich Angst, dass sie mich wieder auslachen. Und ich weiß einfach immer nicht, was ich sagen soll«, erklärte er noch. Bekümmert steckte er das Ohr zurück in den Ärmel. Wie sollte der Troll es verstehen, wenn er es selber nicht verstand?

Aber seltsam, irgendwie fühlte Kalli sich am nächsten Morgen besser. So groß kam ihm sein Problem gar nicht mehr vor. Er brauchte sich doch eigentlich nur mal genau überlegen, was er sagen wollte. Und zu wem. Es reichte ja eigentlich, wenn er mit einem einzigen Jungen sprach. In der großen Pause sah er sich um. Robert?

Nee, der war grob und machte sich nur immer über Kalli lustig. Frank? Der interessierte sich nur für Süßigkeiten. Kai und Paul? Die waren schon miteinander befreundet. Ja, aber da war ja noch Simon. Der war noch gar nicht lange in Kallis Klasse. Meistens saß er irgendwo und zeichnete. Er war zwar ein ganzes Stück größer als Kalli, aber er hatte eigentlich nette Augen. Wo war der heute bloß? Kalli entdeckte ihn schließlich in der hinteren Ecke vom Hof. Er saß auf einem Stein unter dem alten Birnbaum und ritzte mit einem Stock Linien in den Boden. Kalli blieb ein Stück entfernt stehen und überlegte, was er zu Simon sagen könnte. Oder sollte er doch lieber noch mal mit dem Trollohr sprechen? Was Simon wohl sagen würde, wenn er wüsste, dass Kalli sich mit einem versteinerten Ohr unterhielt? Bei dem Gedanken musste Kalli lächeln. In diesem Moment blickte Simon auf. Einen Augenblick sah er erstaunt aus, dann lächelte er zurück. »Hallo!«

»Hallo!« Kalli ging langsam zu ihm hin. »Was malst du denn da?«

»Bloß ein Mühlespiel. Ich hab schon Steinchen als Figuren gesucht. Möchtest du die weißen?«

Das Spiel war so spannend, dass sie fast die Klingel überhört hätten. Zusammen rasten sie als Letzte ins Klassenzimmer hinauf.

Am Nachmittag vor Weihnachten kam Onkel Werner zu Besuch. »Hat es geholfen?«, flüsterte er Kalli zu, als Vater gerade im Kaminfeuer herumstocherte und Mutter in der Küche verschwunden war.

Kalli machte gerade den Mund auf, als es am Fenster klopfte. Draußen stand Simon. »Kommst du mit rodeln?«

»Sieh mal an«, sagte Onkel Werner zufrieden und steckte sich eine dicke Kokosmakrone in den Mund. »Wozu ein altes Trollohr doch gut sein kann!«

»Wie bitte?«, fragte Kallis Vater. »Schluck lieber erst runter, sonst versteh ich kein Wort.«

»Nicht so wichtig«, murmelte Onkel Werner durch die Krümel hindurch und zwinkerte Kalli zu.

Als Johanna am Christkind zweifelte

Immer wenn sie sich an den Sommer kaum noch erinnern konnte, weil in der ersten Schulstunde noch der Morgenstern am Himmel leuchtete und es fast schon wieder dunkel war, wenn sie nach Hause kam, wartete Johanna sehnsüchtig auf den Strohkugeltag.

Das war der Tag, an dem Onkel Richard kam und sofort mit Johanna ins Kinderzimmer geschickt wurde. Die Eltern und Tante Lina machten dann bedeutungsvoll die Tür hinter ihnen zu, und Vater drohte noch mal mit dem Zeigefinger: »Dass ihr mir ja nicht herauskommt, bevor wir es euch sagen! Ihr wisst ja, was dann passiert!«

Ja, das wusste Johanna. Es war der Tag vor dem ersten Advent, der Tag, an dem das Christkind zum ersten Mal kam. Zum zweiten Mal würde es erst an Weihnachten kommen, aber bis dahin war noch viel Zeit. Heute schmückte das Christkind die Zimmer. Es hängte die bunten und die weißen Lichterketten unter die Decke und befestigte große glänzende Sterne an der

Wand. Auch Johannas Adventskalender mit den kleinen bunten Päckchen an Messingringen kam an seinen Platz neben der Tür, und es steckte die Kerzen und Tannenzapfen auf einen dicken Adventskranz, der nach Wald roch. Aber dabei durften nur die Erwachsenen zusehen. Wenn das Christkind von einem Kind gesehen wurde, hatte Vater gemahnt, dann würde es nie wiederkommen. Und das durfte natürlich nicht passieren.

Deshalb blieb Johanna im Kinderzimmer und bastelte Strohkugeln mit Onkel Richard. Der konnte wundervolle Kugeln aus den Strohhalmen zaubern. Er schnitt die Halme mit einer gefährlich scharfen Rasierklinge in ganz schmale Streifen, klebte die Streifen zu Ringen zusammen, und schließlich fügte er die Ringe so zusammen, dass zarte Kugeln entstanden. Jede hatte ein anderes Muster. Wenn diese Kugeln dann später am Weihnachtsbaum hingen, drehten sie sich jedes Mal an ihrem Faden, wenn jemand vorbeiging, weil sie so leicht waren. Sie sahen aus wie kleine Weltkugeln, und im Kerzenlicht warfen sie große Schatten an die Wand.

Johannas Finger waren längst nicht so geschickt wie die von Onkel Richard. Ihre Ringe wurden krumm und die Kugeln schief oder eiförmig, und der Kleber landete auf ihrem Ärmel und auf der Tischplatte und dem Teller mit den Plätzchen, nur nicht da, wo er hingehörte. Aber Onkel Richard hatte viel Geduld, wahrscheinlich, weil er ohnehin nicht aus dem Zimmer sollte. Er war zwar erwachsen, aber er musste ja auf Johanna aufpassen. Also zeigte er ihr kleine Tricks, und jedes Jahr wurden Johannas Strohkugeln ein wenig schöner.

Es dauerte sehr lange, solche Kugeln zu machen, denn man musste die Ringe immer wieder festhalten, bis die Klebe trocken war. Trotzdem hatte Onkel Richard mindestens drei Stück fertig, und Johanna eine, bis das Christkind endlich fertig und wieder fort war. Dann durften Johanna und Onkel Richard in das große Wohnzimmer, wo es auf einmal aussah wie im Märchen.

Dieses Jahr schien es noch länger zu dauern als sonst. Die Plätzchen waren schon alle, und Onkel Richard hatte bereits fünf Kugeln fertig. Plötzlich ließ Johanna vor Schreck den Ring fallen, den sie gerade erst zusammengeklebt hatte. Ganz deutlich hatte sie gehört, wie auf der anderen Seite der Tür jemand die Leiter gerückt hatte! Sie kannte das Geräusch, denn Mutter brauchte diese Leiter ja immer zum Fensterputzen und Gardinenaufhängen. Die Gummifüße schrammten auf dem Parkett entlang, und die Aluminiumsprossen klapperten. Dieses Geräusch konnte man nicht verwechseln.

Da konnte etwas nicht stimmen. Bis jetzt war es immer leise im Wohnzimmer gewesen. Man hatte höchstens ein wenig Papierrascheln und Flüstern gehört.

»Onkel Richard«, sagte Johanna, »das Christkind braucht doch keine Leiter, oder? Das Christkind kann doch fliegen!«

»Na klar kann das Christkind fliegen.«

»Aber ich hab die Leiter gehört«, sagte Johanna.

»Also ich habe überhaupt nichts gehört«, sagte Onkel Richard. »Kannst du mal diesen Faden festknoten?«

Johanna knotete und dachte nach. Ob es am Ende gar kein Christkind gab? Vielleicht veräppelten die Erwachsenen sie nur und hingen die Lichterketten alleine auf. Klar, dass sie dann die Leiter brauchten.

»Und jetzt halt diese Kugel fest«, sagte Onkel Richard. »Nicht bewegen, sonst verrutschen die Klebestellen. Ich hole uns solange neue Plätzchen und einen Kakao.«

Er schlüpfte so geschickt durch die Tür, dass Johanna nicht an seinem Bauch vorbeigucken konnte. Sie hielt also die Kugel fest und dachte nach, und je länger sie nachdachte, desto sicherer wurde sie, dass nie ein Christkind das Wohnzimmer geschmückt hatte, sondern stattdessen jedes Jahr ihre Eltern und Tante Lina auf der Leiter herumturnten.

Onkel Richard war etwas länger weg, und als er wiederkam, brachte er einen ganzen Teller von Johannas Lieblingszimtsternen mit. »Das Christkind ist fast fertig«, sagte er etwas atemlos, so als wäre er die Treppe hinaufgerannt. Er roch sogar ein wenig nach Winterwind. »Stell dir vor, was passiert ist! Ich weiß jetzt, warum das Christkind dieses Jahr eine Leiter braucht.« Herzhaft biss er in einen Zimtstern.

Johanna pustete in ihren Kakao und wartete ungeduldig, bis Onkel Richard hinuntergeschluckt hatte.

»Das Christkind hatte nämlich einen Unfall!«, sagte er.

Johanna ließ vor Schreck beinahe ihren Becher fallen. »Was, bei uns?«

»Nein, nein. Das ist passiert, als es gestern unterwegs war. Es flog durch den Park, und da kam auf einmal Wind auf. Und in einem großen Baum, da hing ein Drachen, der im Herbst einem Kind davongeflogen ist. Er hatte sich in einem Ast mit dichten Blättern verfangen. Aber inzwischen sind die Blätter alle fort, und so konnte der Wind den Drachen wieder aus dem Baum herauswehen.« Onkel Richard nahm sich noch einen Zimtstern. Johanna musste schon wieder warten, bis er gemütlich zu Ende gekaut hatte. »Aber siehst du, das Ende der Schnur hatte sich fest um den Ast gewickelt. So ließ der

Wind also den Drachen steigen, und der Baum hielt die Schnur fest, so wie im Herbst das Kind sie festgehalten hat. Der Drache flog bis fast in die Wolken, und die Schnur war so straff gespannt, dass sie fast gerissen ist.« Onkel Richard wischte sich die Krümel aus dem Bart. »Tja, und das Christkind konnte natürlich nicht damit rechnen, dass jetzt noch Drachen herumfliegen. Es kann sogar sein, dass es noch nie einen Drachen gesehen hat, denn wenn das Christkind kommt, dann fahren die Kinder ja Schlitten oder bauen Schneemänner, und niemand lässt mehr Drachen steigen. Es flog also da entlang und sah auf die Erde, denn es suchte ja das Haus, welches es als Nächstes schmücken wollte.«

»Und da ist es gegen den Drachen geflogen?«

»Na ja, der Drachen war so hoch, dass es ihn nicht gesehen hat. Aber es ist gegen die Schnur geflogen, und weil die so straff gespannt war, hat es sich damit böse in den Flügel geschnitten. Es ist aber in den Baum gefallen, und so ist ihm sonst nichts weiter passiert.«

»Und dann?«

»Oh, zum Glück sind ja zurzeit eine Menge Engel unterwegs. Einer davon hat ihm den Flügel verbunden und dem Weihnachtsmann Bescheid gesagt. Und nun ist das Christkind auf einem Rentier unterwegs, weil es nicht fliegen kann.«

»Das hat es dir alles gerade erzählt?«

»Ja«, sagte Onkel Richard. »Ich musste es mit einem Zimtstern trösten, weil ihm der Flügel immer noch weh tut. Und jetzt weißt du auch, warum es zum Schmücken ausnahmsweise eine Leiter braucht.«

»Hmmm.« Ganz überzeugt war Johanna noch nicht. Aber in diesem Moment öffnete ihr Vater die Tür weit, und sie durfte ins Wohnzimmer. Andächtig stand sie unter den roten, blauen, grünen und weißen Lichtern, die unter der Decke hingen, und freute sich über das Glitzern der großen Foliensterne an den Wänden. Auch die Spieluhr und die Schneekugel standen da, die das Christkind jedes Jahr brachte und nach Weihnachten wieder abholte. Johanna freute sich so sehr, dass sie vergaß, darüber nachzudenken, ob Onkel Richard die Wahrheit gesagt hatte.

Beim Abendbrot bekam Johanna kaum etwas hinunter. Sie hatte einfach zu viele Zimtsterne gegessen. Onkel Richard schien es ähnlich zu gehen. Er stand auf und schob die Gardine beiseite. »He, es schneit!«, sagte er. »Darf Johanna ausnahmsweise noch mal mit mir raus? Wir könnten die erste Schneeballschlacht des Jahres machen.«

»Au ja!«

»Aber es ist so dunkel draußen!«, sagte Mutter.

»Ach, lass sie doch, ausnahmsweise«, meinte Vater.

Johanna und Onkel Richard zogen sich also die Anoraks und die Stiefel und die dicken Handschuhe an und auch noch einen Schal, weil Mutter darauf bestand. Onkel Richard stopfte seinen allerdings in die Tasche, sobald sie draußen waren. Johanna sah es genau, weil es durch den Schnee gar nicht so dunkel war, wie es von drinnen ausgesehen hatte.

»Guck mal, Onkel Richard, hier liegen schon fertige Schneebälle!«, sagte sie verblüfft und bückte sich. »Iiiih!« Das was sie für einen Schneeball gehalten hatte, war gar kein Schneeball. Als sie danach griff, fiel der Schnee ab, und es war eine weiche, braune Kugel, die genauso eklig roch wie die Häufchen, die Nachbars Schäferhund manchmal vor dem Gartentor hinterließ. »Was is'n das?«

Onkel Richard bückte sich auch. »Also, wenn ihr ein Pferd hättet, würde ich sagen, das sind Pferdeäpfel. Aber ihr habt ja kein Pferd. Wo die wohl herkommen?«

Johanna wischte den Handschuh angestrengt mit Schnee ab. »Ich hätte gern ein Pferd.«

»Das glaube ich«, sagte Onkel Richard und stocherte mit einem Zweig in den Kugeln herum. »Ein Rentier wäre auch nicht schlecht.«

Johanna machte große Augen. »Onkel Richard,

meinst du, der Dreck kommt vom Rentier? Auf dem das Christkind geritten ist?«

»Kann doch gut sein. Schließlich musste es eine ganze Weile warten, bis das Christkind mit den Lichterketten fertig war. Mit der Leiter hat es ja viel länger gedauert als sonst.«

Johanna sah sich um. »Aber dann müssten doch Spuren da sein.«

»Vorhin hat es ja noch nicht geschneit. Außerdem, das sind doch Spuren!« Onkel Richard zeigte auf die braunen Kugeln.

In Johannas Bauch kribbelte eine helle Aufregung. Wenn ein Rentier stinkende Kugeln im Garten hinterließ, kam es ihr ziemlich wirklich vor. Vielleicht hatten die Erwachsenen doch nicht gelogen.

»Los, die Schneeballschlacht«, drängte Onkel Richard, »wir müssen bald wieder rein. Aber nimm nicht die falschen Kugeln!«

Sie tobten kichernd herum, und da noch nicht viel Schnee lag, arbeiteten sie sich langsam bis hinten in den Garten vor. Hinter ihnen war der Rasen wieder grün, dafür waren Johanna und Onkel Richard von oben bis unten weiß. Schließlich kamen sie am Birnbaum an. Am untersten Ast schaukelte etwas im Wind. Es sah aus wie ein merkwürdiges Seil.

»Onkel Richard! Guck mal!« Johanna kam nicht heran.

»Nanu?« Onkel Richard streckte sich ein wenig und zog das Ding vom Ast herunter. »Eine Mullbinde!«, sagte er erstaunt. »Hast du die da verloren?«

Johanna hatte es zu ihrem Ärger noch nie geschafft, in den Birnbaum zu klettern. Kein anderer Baum war vor ihr sicher, aber dieser war immer noch zu hoch. »Nee.« Sie befühlte das nasse Band und erschrak. »Onkel Richard, Blut!« Die Kleckse auf dem hellen Verbandsstoff sahen wirklich aus wie Blutflecken, obwohl das bei diesem merkwürdigen Licht schwer zu erkennen war.

Onkel Richard kniff die Augen zusammen. »Könnte sein«, gab er zu.

Johanna entdeckte noch mehr. »Hier klebt was dran!« Tatsächlich. Zwei weiße Federn hafteten an einem Ende.

Ehrfürchtig betrachtete sie ihren Fund. »Das Christkind muss seinen Verband verloren haben! Den vom Flügel!« Jetzt hatte sie keine Zweifel mehr. Onkel Richard musste die Wahrheit erzählt haben. »Ob es jetzt schlimme Schmerzen hat?«

»Ach weißt du, es macht ihm bestimmt ganz schnell jemand einen neuen«, tröstete Onkel Richard. »Komm, wir nehmen das mit hinein.«

»Oh«, sagte Johannas Mutter, als sie ihr zeigten, was passiert war. »Der Verband saß vorhin schon so locker. Ich hatte dem Christkind einen frischen angeboten, aber es meinte, es hätte keine Zeit für so was.«

»Mama, können wir den aufheben?«

»Natürlich. Pass auf, wir waschen ihn, und wenn du ihn mal brauchst, kannst du ihn benutzen. Und jetzt ab ins Bett.«

Johanna war nach dem aufregenden Nachmittag so müde, dass sie nicht mal was dagegen hatte, ins Bett zu gehen. Schließlich durfte sie ja morgen die erste Tür vom Adventskalender aufmachen.

Zu Weihnachten brachte ihr das Christkind einen neuen Schlitten, und als sich Johanna im Januar beim Schlittenfahren den linken Fuß verstauchte, wickelte ihre Mutter tatsächlich den Verband darum, den das Christkind am Flügel getragen hatte.

Johanna wunderte sich kaum darüber, dass der Fuß, obwohl er so dick geschwollen war, schon am nächsten Tag überhaupt nicht mehr weh tat. Sie humpelte trotzdem noch ein wenig, denn sie wollte den Verband noch ein paar Tage behalten. Wer besaß schon einen Verband, den das Christkind getragen hatte!

❄

Stille Töne

Die Stadt türmte sich fremd und so hoch vor Sia auf, als gehöre der nächtliche Himmel den Wolkenkratzern allein. Und nicht nur er, denn die Lichter in den Fenstern spiegelten sich im Wasser der Bucht und füllten sie mit zitterndem Glanz, als sei auch am Boden kein Platz für die Menschen, die die Stadt erbaut hatten.

Vielleicht lag Sias Schaudern auch nur daran, dass sie nach dem Flug vom einen Kontinent zum anderen so müde und ausgetrocknet war. Oder dass die Adventswochen einfach die falsche Zeit zum Reisen in die Fremde waren, vor allem wenn man alleine reiste.

»Trink einen Schluck«, sagte Tante Lara, die ihr fast ebenso fremd war wie die Stadt. Bis jetzt hatte sie so gut wie nichts gesagt. Vielleicht, weil es sie so verblüffte, dass Sia längst kein Kind mehr war, anders als bei ihrem letzten Treffen.

Sia trank aus der Wasserflasche, die ihr Tante Lara

nach hinten reichte, während das Auto sich langsam aus dem Lichterwald in eine dunklere Gegend bewegte. Auch das Wasser schmeckte fremd.

Später lag sie in einem unbekannten Zimmer auf einer Matratze und konnte nicht schlafen, denn zu Hause war Tag. Doch der Mond tröstete sie. Wenigstens er war derselbe, den sie von der anderen Seite der Erde kannte.

Die nächsten Tage waren ein Gestöber aus Bildern, Gerüchen, Stimmen. Zum Glück beherrschte sie wenigstens die Sprache, als sei es ihre eigene. Das Land, das zur Weihnachtszeit so grün war wie der Frühling selbst, begann sie eigenartig tief zu berühren. Sie lieh sich ein Fahrrad und bahnte sich damit Wege durch das Gras, fand heimliche Bäche und verwilderte Dickichte, in denen nur ihr eigener Atem zu hören war, und stellte fest, dass der Himmel hier sehr wohl groß genug war für alle, trotz der nahen Stadt, die sie immer noch überwältigte.

Doch bei allem anderen begleitete sie der Gedanke an eine Begegnung vom ersten Abend. Eine Gestalt war hereingekommen, als Sia verloren mit ihrem Koffer im Zimmer stand und Tante Lara ihr zeigte, wie die Fensterriegel funktionierten.

»Guten Tag«, sagte Sia höflich, obwohl sie erschrocken war. Die Gestalt hatte sie im Dämmerlicht und ihrer Müdigkeit im ersten Augenblick an einen Affen denken lassen. Der Mann war schmal und kaum größer als Sia, ging ein wenig vornübergebeugt und hatte lange Arme und lange Haare und einen wilden Bart. In dem gewohnten gebügelten Leben, in dem sie aufgewachsen war, kam so jemand nicht vor.

»Oh, das ist nur Terry, ein Freund von Tim«, sagte Tante Lara. »Er wohnt eine Weile hier. Er spielt Saxophon, also wundere dich nicht über Lärm. Siehst du, hier musst du dagegen drücken, dann klemmt es nicht so.«

Terry warf ihr einen flüchtigen Blick zu, murmelte »ich geh dann« und verschwand.

Sie sah ihn erst drei Tage später wieder, doch am Abend davor hörte sie, wie eine traurige Jazzmelodie aus Terrys Zimmer tröpfelte. Die Töne krochen unter ihrer Tür hindurch und versammelten sich um ihre Matratze. Sie entsprachen genau ihrer Stimmung. Sia stellte sich vor, wie die Töne zu leuchten begannen, jeder in einer anderen Farbe, wie die vielen Lichter der Stadt, und dann schlief sie ein. Zum ersten Mal schlief sie gut.

Die Wochen vergingen. Tante Lara und Onkel Tim gingen arbeiten, und Sia, die mit dieser Reise die Zeit überbrückte, bis sie in der Heimat ihr Studium antreten konnte, hatte die Tage für sich. Das Haus war sehr leer. Bis auf Terry. Meist blieb er unsichtbar in seinem Zimmer, doch seine Musik machte ihn anwesend, als säße er mitten im Raum und sie müsse um ihn herum fegen.

Das Fegen machte ihr Spaß. Die Parkettfläche war groß und glänzend wie eine Eisbahn, und sie jagte Grashalme und Staubflocken und ließ sie in Wirbeln zu der seltsamen Musik tanzen. Dabei konnte sie gut nachdenken. Ihre Gedanken ordneten sich mit den Tönen und riefen einen ungekannten Frieden und erstaunliche Farben in ihr hervor.

Am späten Nachmittag kamen Tante Lara und Tim mit ihrem dreijährigen Sohn Roy, und das Haus füllte sich mit Lachen und Rascheln und Klappern und Schritten. Dann kam meist auch Terry hinter seiner Tür hervor, setzte sich in einen Winkel und spielte mit Roy oder polierte sein Saxophon. Sia beobachtete ihn, sah seinen Händen zu, wie sie Roy hielten oder mit der Nagelschere winzige Autos aus Papier schnitten. Noch nie hatte sie Hände gesehen, die so behutsam mit allem umgingen, was ihnen begegnete. In ihren Bewegungen war dieselbe tiefe Stille wie in der Musik, die sie schufen.

Oft drehten die Hände eine Zigarette. Nie jedoch rauchte Terry im Haus, wo Roy spielte. Er lehnte sich meist in der Dunkelheit auf das verwitterte Gartentor und sah auf die Straße und über die Wiesen. Sia konnte ihn kaum sehen. Die Nacht war hier schwärzer als die Nächte, die sie kannte. Aber der Geruch seines Tabaks verriet ihn, und sie wusste, er dachte Musik. Manchmal lehnte sie sich neben ihn an das Tor. Sie wechselten kaum ein Wort, doch das Schweigen zwischen ihnen war Begegnung.

Terry komponierte seine Musik selbst. Sie war eigenartig.

Immer wieder gab es Töne, die sich aus der Melodie verlaufen hatten und ihren eigenen Weg suchten; auch Pausen wie Fragezeichen trieben sich an Stellen herum, die beim ersten Hören falsch zu sein schienen. Aber diese Musik griff nach Sia, und wenn sie nichts hörte, war es, als fehlte etwas, auf das sie sich zu stützen gewohnt war.

Terry träumte davon, entdeckt zu werden, machte sich aber keine Illusionen darüber. Er brauchte nicht viel zum Leben. Außer Zigaretten und dem stärksten Espresso, den Sia je gekostet hatte, schien er so gut wie nichts zu sich zu nehmen.

Wenn er doch einmal Geld brauchte, ging er mit dem

Saxophon ins Dorf. »Willst du mitkommen?«, fragte er einmal Sia zu ihrer Überraschung.

Das war ein paar Tage, nachdem er ihr zum ersten Mal von seinem Espresso angeboten hatte, den er morgens in seiner Maschine braute. Niemand außer ihm durfte sie anfassen. Wenn er gebeugt und in Dampfwolken und Zischen gehüllt an dem Kessel herumhantierte, wirkte er mit seinem Vollbart und den langen, zotteligen Haaren wie ein beschwörendes Wesen aus einer ganz anderen Zeit und Wirklichkeit.

Sie ging mit ihm ins Dorf, und es tat ihr weh, wie er unter einer grellen Weihnachtsdekoration vor dem Café auf dem Bürgersteig saß, versunken in seine Töne. Unbeachtet trieben sie den Leuten um die Ohren, für die wenigen kalten Münzen, die sie in seine Schale fallen ließen.

Einen Tag vor Weihnachten fuhren sie alle in die Stadt. Tante Lara und Tim machten mit Roy Weihnachtseinkäufe. Terry hatte andere Pläne, und Sia durfte ihn begleiten. Tante Lara schien erstaunt, sagte aber nichts.

Das Saxophon hatte Terry nicht mitgenommen. »Heute ist ein besonderer Tag, und darum möchte ich dir ein besonderes Instrument vorstellen«, sagte er. In der einen Hand trug er vorsichtig einen kleinen

Koffer, mit der anderen schleppte er einen gewaltigen Verstärker.

Er führte Sia zum Hafen. Auf einem Holzsteg neben einem Café stellte er den Verstärker auf. Der Hafen war voll winziger Läden und Restaurants, eine Touristenattraktion. »Hier würde sich das Spielen lohnen«, dachte Sia und suchte eine Schale für die Münzen. Doch Terry winkte ab. »Heute spielen wir nicht für Geld. Für Weihnachtslieder will ich nichts.«

Er machte sich an seinem Köfferchen zu schaffen, und Sia betrachtete ihn verwundert von der Seite. Zum ersten Mal sah sie ihn in etwas anderem als in seinem ausgeleierten braunen Pullover. Heute trug er zu seinen alten Jeans ein weißes Hemd und ein Jackett aus dunkelblauem Samt. Er wirkte darin verletzlich und stolz zugleich. Gern hätte sie ihn umarmt. Einen Moment lang begegneten sich ihre Blicke, und sie fragte sich, ob er dasselbe gedacht hatte.

»Schau«, sagte er nur. »Ich habe es selbst gebaut.«

Das geheimnisvolle Instrument für besondere Tage war eine Muschel, eine tellergroße Abaloneschale. Außen schief und rau und braun, innen aber glänzte eine Perlmuttschicht in allen Farben. Abaloneschalen haben eine natürliche Reihe Löcher am Rand. Auf der gegenüberliegenden Seite hatte Terry eine weitere hinzugefügt, dann Saiten über die Schale gespannt. Außen waren sie durch zarte weiße Schnecken gezogen, so dass sie nicht aus den Löchern rutschen konnten.

Das Instrument war auf einem Stativ befestigt und an ein Mikrofon angeschlossen. »Leider ist es ziemlich leise, darum der große Verstärker«, erklärte Terry.

»Und womit spielst du darauf?«

Zu ihrer Verblüffung hielt er zwei Seziermesser hoch.

Ehe sie etwas sagen konnte, setzte er sich auf einen Hocker, beugte sich über sein Kunstwerk und begann zu spielen.

Sia beobachtete den zärtlichen Ernst, mit dem seine Hände die gefährlichen Messer über die Saiten bewegten, und schluckte, als sich die ersten Töne leise, so leise durch das Gedränge in den Hafen stahlen.

Sie konnte sich hinterher nicht erinnern, mit welchem Lied er begonnen hatte. Er spielte an diesem Abend alle Weihnachtslieder, die sie kannte. Es waren die Töne, die sie nie vergaß. Ein wenig klangen sie wie ein Glockenspiel und doch völlig anders. Glockenklang war wohl darin enthalten, aber dazu kam das farbige Schimmern von Perlmutt, und die Töne waren leicht, so federleicht. Aber auch Dunkel war darin, das raue ungelenke Dunkel der äußeren Schale, und das Bedauern, das sie beide spürten, wenn sich ihre Blicke in der Stille trafen, mitten im Weihnachtsgewühl.

So leise die Töne auch waren, sie hatten eine Art, in die Ohren der Vorübergehenden zu geraten und sie für einen Moment die Ruhe spüren zu lassen, die behutsame Berührung, die in diesem Klang lag und die so ganz Terry war.

Die Menschen blieben stehen und lauschten, die Kinder hörten auf zu plappern, steckten den Finger in den Mund und sahen mit großen Augen auf die Messer, aus denen Musik aufstieg. Mancher zückte seine Geldbörse und suchte eine Schale oder Mütze, doch als sie keine sahen, wünschten sie »Frohe Weihnachten« und gingen zögernd und anders weiter.

Später saßen Terry und Sia auf dem Steg, baumelten mit den Beinen und aßen Krabben aus der Tüte. Die Lichtertürme der gewaltigen Gebäude um sie herum überwältigten Sia nicht mehr; unter den Klängen der Muschel waren sie wie zu einem Wald aus Weihnachtsbäumen geworden. Wenn man genau hinsah, stand tatsächlich fast vor jedem davon eine geschmückte Tanne. Im Wasser der Bucht flossen die Farben der Lichter zusammen, als hätten Terrys Töne sie umgerührt und verändert.

»Was würdest du dir wünschen?«, fragte Sia plötzlich.

Ohne seine Töne fand sie die Nacht auf einmal leer, trotz der Lichter, wäre da nicht Terrys Wärme dicht neben ihr gewesen.

Er schwieg lange. »Mit der Musik genug verdienen, um eine Familie zu ernähren. Irgendwann. Aber mit meiner eigenen Musik.« Er zog an seiner Zigarette, und ein tiefer Husten durchfuhr ihn. Sia fröstelte. »Und dann ein Kind wie Roy.« Er sah sie an, zuckte mit den Schultern.

Sie wussten beide, dass es nie dazu kommen würde. Sie lehnte den Kopf an ihn, und er legte den Arm um sie.

»Ich bin zu alt für dich«, sagte er zu dem, was er in ihrem Blick entdeckt hatte.

Sia widersprach nicht. Sie wusste so gut wie er, dass es nichts bedeutete, dass sie einundzwanzig war und er sechsunddreißig. Es war nur nicht das richtige Leben, war der falsche Zeitpunkt, und es würde nie einen anderen geben.

Der Restaurantbesitzer schenkte ihnen gebrannte Mandeln, und als sie alle waren, küsste Terry Sia ein einziges Mal und rief danach noch mehr Weihnachtslieder aus der Muschel, federleicht und voll leiser Glockentöne, bis schließlich die Geschäfte schlossen und sich der Hafen leerte.

❄

Herrn Thiesbrummels Weihnachtsbaum

Schnaufend schleppte Hajo seine sperrige Last die Kellertreppe hinauf. Unten war es kühl gewesen. Dankbar streckte er die Arme in die helle Frühlingsluft.

Herr Thiesbrummel eilte aus dem Laden und reichte ihm ein Glas Limonade. »Hier, Junge, haste dir verdient!«

»Schmeckt genau wie früher.« Ein bisschen zu süß, aber fröhlich und nach Kindheit. Herr Thiesbrummel hatte ihm stets Limonade, einen Lutscher oder ein Würstchen zugesteckt, wann immer Hajo für seine Mutter einkaufen war oder müde von der Schule kam. Ein Jammer, dass es Herrn Thiesbrummels altmodisches Feinkostgeschäft bald nicht mehr geben würde! Aber auch er hatte wohl ein Recht auf einen Lebensabend. Das Rentenalter hatte er schon bei weitem überschritten, und das Rheuma zwickte.

Hajo selbst war inzwischen zweiundzwanzig. »Was machen wir damit?« Zweifelnd betrachtete er den künstlichen Weihnachtsbaum, den er in einer staubigen Kellerecke gefunden hatte. Seltsamerweise war der gar nicht staubig, sondern leuchtete so maigrün wie die jungen Blätter der Linden.

Herr Thiesbrummel montierte gerade das verschnörkelte Schild über der Tür ab. »Thiesbrummels« hatte da schlicht gestanden, drei Generationen lang. Aber für alles gab es eine Zeit. Er warf Hajo und dem Weihnachtsbaum einen Seitenblick zu. »Der muss wohl auch auf den Sperrmüll«, sagte er verschmitzt.

Hajo trug den Baum zu dem Haufen in der Hofecke, irgendwie konnte er ihn nicht loslassen. Nachdenklich drehte er ihn hin und her. Das war immerhin ein Weihnachtsbaum und kein alter Schirmständer. »Kann ich den mitnehmen? Vielleicht kann ich ihn für den Ruderclub brauchen.«

Hajo arbeitete im Ruderclub ehrenamtlich mit einer Kindergruppe. Eigentlich war der Club nur ein alter Bootsschuppen und ein verfallender Steg neben einem Yachtclub. Aber der Besitzer, Doktor Rinning, hatte Hajo erlaubt, den »Ruderclub« für ein paar Stadtkinder zu starten, und unterstützte das Projekt sogar. Hajo machte die Sache Spaß, und er kam auf diese Weise an ein Ruderboot. Er liebte den Wind auf dem Wasser, den leicht modrigen Geruch nach Fischen und Algen. Das Gefühl, wenn acht Kinder in gleichmäßigem Rhythmus die Ruder durchzogen und das Boot vorwärtsschoss, während er behutsam steuerte, war unvergleichlich.

»Kannst alles mitnehmen, was einer brauchen kann«, murmelte Herr Thiesbrummel, der gerade einen Schraubenzieher zwischen den Zähnen hatte.

So kam es, dass Hajo sich mitten im Mai mit einem Weihnachtsbaum über der Schulter auf den Heimweg machte. Die sperrigen Zweige streiften die duftenden Blüten eines Fliederbuschs, verwirrten zwei Zitronenfalter auf ihrem verliebten Flug, erschreckten ein Spatzenpärchen, das in einer Hecke brütete, und bekamen außer ihrem Gezwitscher auch einige Tropfen eines warmen Frühlingsregens ab. Kinder lachten und zeigten auf Hajo. In der Bahn runzelten ältere Damen die Stirn und achteten darauf, dass die Baumspitze ihnen nicht die Dauerwellen zerzauste.

Zu Hause stellte Hajo den Weihnachtsbaum neben die Garderobe, in die dunkle Ecke hinter der Wohnungstür. Er stülpte einen alten Bettbezug darüber, damit die Zweige nicht so viel Platz brauchten und nicht einstaubten. Wenn die kleine Garderobe voll war, hängten Hajos Besucher auch schon mal ihre Jacken über den Baum. Meistens bemerkten sie den Irrtum gar nicht.

Aber seltsam: Wenn sie die Jacken wieder anzogen, wurde ihnen fröhlich zumute. Sie gingen hinaus in einen Regentag und fanden das Wetter plötzlich nicht mehr schlimm. Oder die nächste Prüfung kam ihnen gar nicht mehr so schwer vor. Manche dachten auch: »Was für ein netter Kerl der Hajo doch ist. Ich muss bald wiederkommen.«

Tatsächlich hatte Hajo, der gerade mit dem Studium anfing, in diesem Sommer ungewöhnlich viel Besuch.

Zum Geburtstag bekam er von seinen Eltern eine schön geschnitzte, größere Garderobe. »Dann kannst du das pieksige Ding da entsorgen«, sagte seine Mutter und zeigte mit dem Finger auf den Weihnachtsbaum, der in seinem Bettbezug aussah wie ein unglückliches Gespenst.

Hajo schulterte den Baum und trug ihn zum Ruderclub. Inzwischen war es einfach zu spät, ihn wegzuwerfen. Und er hatte das Gefühl, das würde Herrn Thiesbrummel enttäuschen. Unterwegs streifte der Baum ein paar reifende Äpfel und schlug einem Mann eine Tüte Erdbeeren aus der Hand. Der Wind wehte ein paar frisch abgemähte Grashalme zwischen seine Zweige. Auch von dem Lachen der Kinder, die im See planschten, blieb etwas darin hängen und von der dicken, friedlichen Augustwärme, die über dem Land lag.

Schnaufend verstaute Hajo den Baum in einer Ecke zwischen einem alten Kajak und einer zerbrochenen

Leiter. Dort blieb er stehen, und niemand dachte mehr daran. Der August verging, der September kam mit Beeren und Birnen und Nüssen, dann der Oktober mit goldenen Blättern und Kürbissen.

Fast täglich war Hajo auf dem Wasser mit den Kindern, die zu Hause nur Stadt um sich hatten, staubige enge Wohnungen und erschöpfte Eltern ohne Zeit. Da waren zum Beispiel die Zwillinge Paul und Kai, erst achtjährig, die den ganzen Weg zum See allein in der S-Bahn zurücklegten und meist nichts gegessen hatten außer Gummibärchen. Wenn sie wieder gingen, waren sie noch schmutziger, aber sie hatten Äpfel und ein Würstchen im Bauch, neue Muskeln an ihren dürren Oberarmen und trugen ein breites Lächeln. Da war der dicke Martin, der frech zu allen war und auch mal um sich trat, aber Hajo machte ihn zum Steuermann, und plötzlich benahm er sich gut vor lauter Stolz, dass man ihm das zutraute. Da waren auch Kesja und Sabine, die beiden fast erwachsenen, aber zierlichen und schüchternen Mädchen, die viel ausdauernder waren, als man glaubte. Sie schleppten sogar die schweren Boote und waren sich zum Putzen nicht zu schade; Hauptsache, sie konnten dem Wasser und dem Himmel nahe sein.

Im November mussten sie die Boote sauber im Schuppen verstauen. Trotzdem traf sich die kleine Gruppe mindestens einmal in der Woche. Sie machten Spiele und ein paar Trockenübungen, reparierten zerbrochene Rudergabeln, aßen mitgebrachten Kuchen, planten neue Paddelabenteuer, und manchmal half Hajo bei Hausaufgaben, während Kesja und Sabine mit unbeholfenen Stichen Flicken auf Kais Hosen nähten. In diesem Winter war es aus irgendeinem geheimnisvollen Grunde besonders gemütlich im Bootsschuppen.

Im Dezember schmückten sie die Wände mit Tannenzweigen und sangen Weihnachtslieder zu Hajos Gitarrenspiel. Einmal, als Hajo abends das Licht ausmachen wollte, zuckte er zusammen. Ihm war, als hätte er ein vertrautes Räuspern gehört. Herr Thiesbrummel! Doch da war natürlich niemand. Aber das vermeintliche Geräusch war aus der Ecke gekommen, in der Herrn Thiesbrummels künstlicher Weihnachtsbaum stand. Und der fiel Hajo auf diese Weise wieder ein. Darum klopfte er, ehe er sich auf den Heimweg machte, am Clubhaus des Yachtclubs nebenan. »Herr Doktor Rinning?«, rief er.

Der steckte mit jovialem Lächeln den Kopf aus der Tür. »Was gibt's? Probleme?«

»Veranstalten Sie dieses Jahr wieder einen Weihnachtsball?«

»Selbstverständlich. Aber warum fragst du?«

»Ich dachte nur … Ich habe zufällig einen großen künstlichen Weihnachtsbaum. Er ist schön. Ich dachte, Sie können ihn vielleicht gebrauchen?«

»Nein, Junge, nett von dir. Einen alten und auch noch künstlichen Weihnachtsbaum kann ich meinen Gästen nicht zumuten. Die sind Besseres gewöhnt. Aber ihr dürft natürlich wieder im Schuppen feiern, und Madeleine bringt euch eine Häppchenplatte aus der Küche.«

»Danke, Doktor Rinning.« Er trollte sich. Hätte er sagen sollen: »Meinen Kids kann ich Truthahnpastetchen und Fenchel in Krabbendip nicht zumuten, die sind Besseres gewöhnt, nämlich Buletten und Pommes?« Er würde schon dafür sorgen, dass es was Anständiges zu essen gab. Aber für den Baum war in dem engen Schuppen beim besten Willen kein Platz.

Aber ein Weihnachtsbaum muss an Weihnachten doch Weihnachtsbaum sein dürfen! Im Grunde hatte Doktor Rinning ja recht. Hajo mochte selbst lieber echte Weihnachtsbäume, die nach Tanne dufteten. Aber er hing trotzdem an Herrn Thiesbrummels Baum. Er beschloss, ihn einfach draußen aufzustellen, vor dem Schuppen. Dort würde es gar nicht auffallen, dass er nicht duftete. Da roch es sowieso nach Wasser und Herbstblättern, mit ein bisschen Glück auch nach Schnee.

Es schneite tatsächlich. Es schneite so früh und so viel, dass die Menschen an Weihnachten den Schnee schon beinahe wieder satthatten, weil sie Straßen und Autos ständig freischaufeln mussten und weil es so bitterkalt war. Hajo war froh, dass er rechtzeitig ein Rohr in die Erde gebohrt hatte, in das er den Weihnachtsbaum stecken konnte. So stand dieser pünktlich am Mittag des 24. Dezember aufrecht und stolz auf dem schmalen Uferstreifen zwischen dem Bootsschuppen und dem Steg, während in der Nähe die echten Tannen fast wie eine Fälschung wirkten, so grün leuchtete der künstliche Weihnachtsbaum. Die Zweige trugen Kugeln, die jahrelang zur Weihnachtszeit Herrn Thiesbrummels Baum geschmückt und die Kunden erfreut hatten. Dazwischen waren glänzende Sterne aus bunter Metallfolie verteilt, die Paul und Kai sorgfältig ausgeschnitten hatten. Darin spiegelten sich die schweren Wolken, die den Himmel entlangjagten und immer mehr aufrissen, so dass endlich ein paar Sonnenstrahlen hindurchdringen konnten. Das war sehr wichtig. Denn der Weihnachtbaum hatte noch einen besonderen Clou bekommen: Hajo hatte eine Lichterkette besorgt, die ein Solarmodul besaß. Dieses sah aus wie ein viereckiger schwarzer Spiegel. Das Sonnenlicht traf darauf und lud die Akkubatterien im Inneren auf. Auf die Unterseite hatte Hajo einen großen Folienstern geklebt, damit es nicht so hässlich aussah. So kam es, dass Herrn Thiesbrummels Weihnachtsbaum einen Stern auf der Spitze trug, der nicht senkrecht stand wie jeder andere anständige Stern auf einem Weihnachtsbaum, sondern waagerecht lag. Ein wenig ungewöhnlich sah das schon aus. Aber dafür würde der Himmel selbst diesen Baum zum Leuchten bringen.

Die Kinder kamen am Nachmittag. Abends wollten sie mit ihren Eltern feiern, aber nun füllten sie das Bootshaus mit Lachen, kleinen Geschenken und dem Duft nach Bratäpfeln und Plätzchen. Sie hatten Geschwister mitgebracht und Freunde, der Schuppen war gestopft voll, aber umso gemütlicher wurde es.

Hajo sah sich um; er vermisste Kesja. Vorhin hatte sie doch noch mit Sabine gelacht und dem kleinen Kai geholfen, ein Geschenkband aufzuknoten. Er blickte aus dem Fenster und sah sie ganz am Ende des Stegs in dem einzigen Boot sitzen, das sie für Notfälle im Wasser gelassen hatten, einem verwitterten alten Kahn, auf dessen Seite in wackeligen Buchstaben jemand den Namen »Seehund« gemalt hatte. Hajo griff nach seiner Gitarre und ging leise hinaus. Der fröhliche Kinderlärm blieb hinter ihm zurück. Im Vorbeigehen bückte er sich und knipste den Schalter an der Lichterkette an, deren winzige Birnen aufstrahlten, als hätte sich soeben ein ganzer Schwarm Glühwürmchen auf den künstlichen Zweigen niedergelassen.

Der Himmel und Hajo hatten den vergessenen Baum aus »Thiesbrummels« wieder zum Leben erweckt.

»Alles in Ordnung?«, fragte Hajo und kletterte ins Boot zu Kesja. Es schwankte unter seinem Gewicht, und das Wasser gluckerte unter dem Boden, wo es noch nicht zugefroren war. Nebenan im Yachthafen schlug der Wind klirrend die gefrorenen Leinen gegen die Fahnenmasten. Dann wurde es still.

»Ich wollte nur ein bisschen Ruhe«, sagte Kesja. »Eigentlich kann ich künstliche Weihnachtsbäume nicht ausstehen. Doch dieser hier ist etwas ganz Besonderes. Ihn zu sehen macht so … zufrieden.«

»Mir geht es genauso«, bekannte Hajo. »So ähnlich habe ich mich früher gefühlt, wenn ich bei Herrn Thiesbrummel war.« Er erzählte Kesja die Geschichte des Baums, und seine Finger zupften dabei an den Saiten seiner Gitarre. »Herr Thiesbrummel war so etwas wie ein Ganzjahresweihnachtsmann für mich«, sagte er schließlich. »Er hatte immer einen Keks, eine besondere Frucht, eine neue Sorte Wurst, ein Pflaster für mein Knie oder ein tröstendes Wort, wenn ich eine schlechte Note hatte. Wenn mein Taschengeld nicht reichte, bekam ich auch mal einen Bleistift umsonst oder eine Blume für meine Mutter zum Geburtstag. Ich wusste einfach immer: Bei Herrn Thiesbrummel im Laden, da gibt es, was ich brauche – und das waren nicht immer Dinge. Dort erfüllten sich die kleinen Wünsche, von denen ich gar nicht wusste, dass ich sie hatte. Hinterher merkte ich, wie wichtig sie mir waren.«

Kesja strich über die raue Bootswand. »So einen Ganzjahresweihnachtsmann hätte ich auch gerne«, sagte sie leise.

Hajo sah sie von der Seite an. Wann hatte sie aufgehört, Kind zu sein? In der schneehellen Dunkelheit sah es so aus, als hätte sich ein wenig von dem eingefangenen Sonnenlicht, das den Baum zum Leuchten brachte, in ihren Haaren verfangen.

»Was würdest du dir wünschen?«, fragte er.

»Der Wannsee ist schön … Aber ich möchte so gern einmal das Meer sehen«, sagte sie verträumt.

Hajo dachte nach. Da war sie bestimmt nicht die Einzige. Keines der Kinder hatte eine Familie, die sich eine Reise erlauben konnte. Warum sollte er mit der Gruppe nicht einmal einen Tagesausflug nach Warnemünde machen? Mit der Bahn … Er rechnete. Das war doch machbar. Gleich nachher würde er auf Doktor Rinnings

Weihnachtsball um Spenden dafür bitten. Der würde nicht begeistert sein. Aber er konnte Hajo schlecht an Weihnachten vor allen Gästen vor die Tür setzen. Schlecht fürs Image.

»Sieh mal!« Kesja zeigte aufgeregt zum Ufer und setzte sich ganz gerade hin, so dass das alte Boot erneut zu schaukeln begann, und das Wasser gluckerte, als lache der See leise.

Während Hajo Kesja von dem alten Herrn Thiesbrummel erzählt hatte, war unbemerkt Seltsames geschehen. Es war, als hätte sich der Geruch nach Flieder und nach Erdbeeren, der im Frühling im Baum hängengeblieben war, zwischen den Zweigen hervorgestohlen. Der Duft nach gemähtem Gras und reifen Äpfeln, dem der Baum im Sommer auf dem Weg in den Ruderclub begegnet war, lag plötzlich in der Luft. Die helle Maisonne und die dicke, friedliche Augustwärme erwärmten offenbar gerade jetzt, an diesem Heiligabend, die kalte Erde vor dem Bootshaus, als hätten die winzigen Glühbirnen der Lichterkette sie aus einem langen Schlaf geweckt. Rund um den Baum schmolz der Schnee, und Gras kam zum Vorschein, in diesem Licht fast so grün wie Herrn Thiesbrummels Weihnachtsbaum. Ein Zwitschern ertönte von irgendwoher aus dem dunklen Himmel, und Hajo dachte an die Spatzen, die er im Frühling erschreckt hatte, als er mit dem Baum vorbeiging. Und Kesja hätte schwören können, sie hätte für einen Augenblick zwei Zitronenfalter gesehen, die frühlingstrunken umeinander tanzten. Auf einmal fror sie nicht mehr. Sie spürte, sie würde eines Tages das Meer sehen und noch viel mehr. Denn Hajo saß neben ihr, und der alte, künstliche Weihnachtsbaum eines noch älteren Mannes feierte mit ihnen das Leben.

Hajo hob die Gitarre und begann zu spielen. Nicht »Stille Nacht, heilige Nacht«, wie er es erst vorgehabt hatte. Nein: »Am Weihnachtsbaume die Lichter brennen …« Nach ein paar Takten begann Kesja mitzusingen. An der Stelle »Zwei Engel sind hereingetreten« glaubte Hajo, seinen Augen nicht trauen zu können. Zwei kleine Gestalten in langen Gewändern tauchten aus den Schatten hinter dem Baum auf und kamen langsam näher.

Doch dann erkannte er Paul und Kai, die nur dünne Jacken besaßen und sich in Wolldecken gewickelt hatten. Hinter ihnen tauchten nach und nach auch die anderen Kinder auf. Schließlich standen sie alle um den Baum oder hockten auf dem Steg. Staunend sahen sie, wie der Frühling, der ein Leben lang im Herzen von Herrn Thiesbrummel gewohnt hatte, an diesem Heiligabend nicht nur das kleine Stück Erde um den Baum herum erwärmte.

Auf der anderen Seite des Sees begannen die Kirchenglocken zu läuten.

Des alten Alwins Erbe

Elfi Wiese nippte vorsichtig an ihrem heißen Kakao und sah gedankenverloren in das eilige Schneetreiben vor dem Küchenfenster. Endlich Wochenende! Jeden Tag von morgens bis abends das harte, leere Weiß der endlosen Mengen von Laken und Tischtüchern in der Wäscherei – und jetzt auch noch Schnee auf dem Rest ihrer Welt. Sie sehnte sich nach Farben. Zum Glück leuchteten wenigstens der Weihnachtsmann im Fenster gegenüber und der Engel in ihrem eigenen Blumenkasten bunt durch die Dämmerung.

Draußen wehte mit den Schneeflocken eine hochgewachsene, schlanke Gestalt vorbei, in einen großzügigen Schal geduckt. Elfi erkannte ihn trotzdem sofort, verschluckte sich fast und seufzte. Seltsamerweise hatte sie stets das Gefühl, dass ausgerechnet ihr eigenbrötlerischer Nachbar Alwin Schnobrich Farbe in ihr Leben bringen könnte. Er trug zwar selbst meist Schwarz oder Grau, aber schon der Anblick seiner grünen Augen und der kurzen feuerfarbenen Locken heiterte sie aus irgendeinem Grunde auf. Nicht dass sie ihn oft sah. Alwin Schnobrich zog seine eigene Gesellschaft und die von Maschinen vor. Er arbeitete in einer Computerfirma. Wenn er nach Hause kam, setzte er sich sofort an seinen eigenen Rechner. Sie sah dann im hellen Viereck des Fensters, wie seine Finger eifrig über die Tastatur flogen und sein Blick auf dem Monitor haftete, als höre für ihn die Welt an dessen Rande auf. Allerdings half er seinen Nachbarn bereitwillig, wenn bei ihnen der PC einmal streikte. Doch auch dann kam er, machte keine Konversation, trank keinen Kaffee, reparierte und ging. Elfis alte Kiste versagte häufig den Dienst. Er empfahl ihr eine neue. Doch dann hätte sie Alwin und das versteckte Blitzen in seinen Augen nur noch vor dem Fenster zu Gesicht bekommen. Das genügte ihr nicht.

Er war doch viel zu jung, um so allein zu sein. Genau wie Elfi.

Wahrscheinlich lag es an seinem berüchtigten Großvater, nach dem er auch noch benannt worden war, dass Alwin so zurückgezogen lebte. Jeder, der in dem kleinen Torfenlohe über fünfzig war, erinnerte sich mit Schaudern an den alten Alwin Schnobrich. Er war der unnachgiebig strenge Leiter der damals einzigen Schule gewesen. Man sagte, wenn er tobte, verwandelten seine

Worte die leichten weißen Schäfchenwolken am Himmel in schwere, zu grauen Fäusten geballte, von welchen die Schüler sich vorstellten, sie könnten wie Steine auf ihre Köpfe herabprasseln. An dem Frühlingstag, als im Geographieunterricht mit einer Papierkrabbe auf Alwin Schnobrichs Rücken geschossen wurde – verfehlen konnte man ihn ja nicht, er war breit wie der Horizont –, fiel tatsächlich unerwarteter Hagel. Sämtliche Obstbäume erschauerten und verloren ihre Blüten. Die wenigen Äpfel, die es in jenem Jahr gab, blieben so klein, als duckten sie sich im Herbst immer noch vor dem kalten Wind seiner Worte. Diese gefürchteten Donnerwetter des Direktors Schnobrich, der zu allem Überfluss zwei Meter eins groß war, hatte niemand je vergessen. Am allerwenigsten wohl Alfred Schnobrich, sein Sohn und des heutigen Alwins Vater. Alfred überschrieb kurz nach des alten Alwins plötzlichem Ableben das Häuschen an den jungen Alwin und verlegte sein eigenes Dasein nach Südafrika. Im Dorf Torfenlohe, so sagte er, ginge das gewaltige Echo seines Vaters noch immer durch die Straßen, und er wolle nichts mehr damit zu tun haben. In Afrika fand er eine junge Frau, die ihn manches vergessen ließ, zumal er nach dem frühen Tod von Alwin Juniors Mutter sehr lange allein gewesen war. Nie hätte er zugegeben, dass auch in den heißen, fremden Nächten, wenn er auf der Veranda saß und fragend in den gewaltigen Sternenhimmel blickte, der erboste Bass des alten Alwin gelegentlich schneidend durch sein Ohr huschte und ihn frösteln ließ.

Der junge Alwin hörte kein Echo, doch auch er spürte manches Mal im Haus eine Kälte, die nicht von draußen kam. Er konnte sich jedoch an seinen Großvater nicht erinnern. Zum Glück trug ihm auch keiner seinen Namen nach. Es erstaunte die Menschen eher, dass er ein so ruhiges Wesen hatte. Sie waren dankbar dafür.

Vor zwei Jahren war er zum einzig bekannten Mal beinahe zornig geworden. An jenem Dezembertag hatten Elfi und ihre Mutter einen Weihnachtsbaum nach nebenan gebracht, um Alwin eine Freude zu machen. Doch der lehnte es ab, den Baum über seine Türschwelle zu lassen. »Ich mag Weihnachtsbäume überhaupt nicht! Sie haben keine Wurzeln, und sie tragen keine Blüten«, sagte er und streckte abwehrend beide Hände aus. Dabei erschien eine strenge Falte zwischen seinen Brauen, von welcher Elfis Mutter später erschrocken schwor, es sei dieselbe, die sie nur allzu oft beim alten Alwin gesehen hatte, wo sie ganz und gar nichts Gutes bedeutete.

Elfi gab so schnell nicht auf. Im letzten Jahr hatte sie

es mit einer langen Lichterkette versucht, die sie beim Julklapp doppelt bekommen hatte. Alwin hatte sie höflich entgegengenommen, aber weder in jenem noch in diesem Jahr an den Zaun oder die Dachkante gehängt. Sein Haus stand als einziges im Schilfgrasweg dunkel und schmucklos in der vorweihnachtlichen Winterdämmerung.

Doch Alwin Schnobrich wagte es, in diesem Dorf, in dem jeder über jeden Bescheid wusste, ein Geheimnis zu haben. Sicher, Elfi und die anderen Nachbarn sahen die großen Kartons, die manches Mal in der Nummer siebzehn, Schilfgrasweg, angeliefert wurden. Aber man wusste ja, dass Monitore und Gehäuse und dergleichen Computerzubehör Platz brauchen und gut verpackt sein müssen. So gab es keinen Grund, sich zu wundern.

Die Reihenhäuser im Schilfgrasweg besaßen einen schlichten, aber geräumigen Anbau, welcher Platz bot für Schubkarren, Rechen, Hacken, Spaten und Unkrautvernichter. Im Winter war es eisig darin und im Sommer erstickend heiß, und meistens hatte sich die eine oder andere Mäusefamilie durchgefressen und in den Liegestuhlkissen häuslich niedergelassen. Doch Alwin Schnobrich hatte unauffällig hier eine Lüftungsklappe eingebaut und dort eine kleine Heizung, die ansprang, wenn die Temperatur unter fünf Grad fiel. Er zimmerte Holzpodeste in verschiedener Höhe und versteckte unter einem davon die Gartengeräte. In Alwins Garten gab es nur eine Rasenfläche, auf der Gänseblümchen, Klee und Löwenzahn ungestört Sommerbilder malten oder unter dem Schnee schliefen, sowie eine großzügige Terrasse. Diese war von einer so hohen Hecke umgeben, dass niemand hineinsehen konnte. Der alte Alwin hatte sie angepflanzt, und sie war heute noch ebenso streng und unnachgiebig wie er. Was der junge Alwin auf der Terrasse trieb, wusste also niemand. Man nahm an: nichts.

Es war nicht so, dass er absichtlich ein Geheimnis um seine Leidenschaft machte. Nur hatte er eben niemandem davon erzählt. Er wollte die Freude daran ungestört genießen. Wohl lauerte auch in den Hausecken das Wissen, dass der alte Alwin so viel überflüssigen Luxus niemals gutgeheißen hätte.

Alfred hatte sein Leben in ein anderes Klima verlegt. Sein Sohn dagegen holte den Süden unter den nördlichen Himmel von Torfenlohe. So waren sie beide auf der Suche nach der Wärme, die das Frösteln vertreiben konnte, welches das Erbe des alten Alwin war.

Unter dem Plexiglasdach nämlich blühten Zitronenbäume, reiften Mandarinen, streckten sich Bananenstauden zum Dach und zeichneten Palmblätter exotische Schatten an die Wände. Drachenbäume trieben blaue Blütenkerzen, Ingwer duftete, und Passionsfrüchte eroberten Spaliere. Kurz nach dem ersten Advent war ein neuer Karton angekommen, der eine enorme Paradiesvogelblume enthielt. Viele der Pflanzen zog Alwin geduldig aus winzigen Samenkörnern heran. Jedes Gewächs bettete er mit liebevoller Fürsorge in den Topf, in welchem es sich am wohlsten fühlen würde. Jedes bekam die Erde, die am besten für es war. Er bewachte jedes Blatt und rückte jeder Laus, die sich dort blicken ließ, mit einer Wut zu Leibe, die derjenigen des alten Schnobrich in nichts nachstand. Nie vergaß er zum richtigen Zeitpunkt zu düngen, einen schwachen Trieb anzubinden oder die Blätter und den Schnee vom Dach zu fegen, ehe sie das Licht stahlen.

Wenn der Winter sich endlich davonschlich und ganz sicher kein Frost mehr befürchtet werden musste, ließ Alwin die Tür offen, bis sich die Pflanzen an die frische Luft gewöhnten. Dann schleppte er sie hinaus, eine nach der anderen, und verteilte sie im Schutz der Hecke auf der Terrasse. Er spülte sie mit dem Gartenschlauch ab und freute sich, wenn die Bienen in den Zitronenblüten süßen Überfluss entdeckten und der Duft des Oleanders sich in dichten rosa Wolken über die sonnenwarmen Steine legte. Zwar trieb er es nicht so weit, mit seinen Pflanzen zu sprechen; davon hielt er nichts. Doch wenn er im Korbstuhl bei ihnen saß und seinen Tee trank, der so schwarz war wie der Zornesblick des alten Schnobrich, fühlte er sich unter Freunden. Da es im Haus auch im Sommer seltsam kühl blieb, nahm er den Computer mit hinaus und verbrachte seine Tage im Schatten der Palmen.

Elfi sah ihn in dieser Zeit noch seltener, da er nach der Arbeit noch eiliger von der Bushaltestelle nach Hause stürmte. Er hatte Angst, die Blumen könnten Durst haben in der Sommersonne, ohne ihn. Nur wenn er gelegentlich den Rasen mähte, außerhalb der Hecke, hob er die Hand zum Gruß oder warf ihr sogar einen freundlich belanglosen Satz über den Zaun.

Sah er im Herbst die Kraniche nach Süden ziehen, seufzte er und trug die schweren Töpfe wieder auf die Holzpodeste unter dem Plexiglasdach. Eng war es dann dort, so dass er sich gerade noch durch den grünen Dschungel zwängen konnte. Aber für den Korbstuhl war noch Platz, sowie für einen Hocker, auf den er die Beine legen konnte, und auch im Winter saß er so manchmal bei seinen grünen Gefährten. In eine Decke gewickelt, träumte er dort, ohne zu wissen wovon.

Alwin war ein pflichtbewusster Mensch, und darum

kümmerte er sich auch durch alle Jahreszeiten hindurch um das Grab des alten Alwin. Der Stein, der die Erinnerung an den ehemaligen Schuldirektor aufrechterhalten sollte, war noch gewaltiger als die seiner Vorgänger rechts und links daneben, alles angesehene Männer, auf welchen nun Narzissen wuchsen und Pfingstrosen, Ringelblumen und Rittersporn, Dahlien und Astern. Nur auf dem Grabe Alwin Schnobrichs, egal wie sehr sein pflanzenkundiger Enkel sich bemühte, blühte es nur in den dunklen Monaten. Schneeglöckchen, Winterlinge und eine Zaubernuss, alles also, was sich bei Kälte wohlfühlt, gedieh unverdrossen. Auch die Krokusse ließen sich gerade noch überzeugen. Mit der Wärme jedoch verschwanden alle Blüten von Alwin Schnobrichs Grab. Dort, wo neben ihm seine Frau lag, rappelten sich mit viel Zuwendung einige Petunien auf, sogar Vergissmeinnicht. Doch auf seiner Seite überlebten nur wildes Gras und Brennnesseln. Es kam allerdings vor, dass mitten im Juli ein Schneeglöckchen trotzig aus dem Boden schoss.

Als der junge Alwin am Morgen des Heiligen Abends den Wetterbericht hörte, ertappte er sich bei dem Gedanken, sein Großvater wäre unter Umständen schuld an dem, was er da vernahm. Jetzt schon herrschte ungewöhnliche Kälte, doch heute Nacht sollte, wenn der

Wettermann mit der weihnachtlich roten Nase Recht behielt, das Thermometer auf einundzwanzig Grad minus fallen. Alwin bekam Angst. Angst um seine Pflanzen, Angst vor einem Frost, der zu groß und zu tief für ihn sein könnte.

Der kleine elektrische Frostwächter, der sich unter fünf Grad einschaltete und bisher immer vollauf genügt hatte, konnte es diesmal unmöglich schaffen. Schon nachmittags um drei zeigte ein Blick auf das Thermometer, dass es nur noch zwei Grad im Anbau waren. Er überlegte fieberhaft. Es war Sonntag, jetzt noch eine zweite elektrische Heizung zu kaufen unmöglich. Die Nachbarn besaßen kleine, geräuschvolle Heizlüfter, die er sich leihen könnte. Doch es graute ihm vor dem, was diese mit seinen Pflanzen anrichten würden. Er sah förmlich vor sich, wie sie austrockneten, unhörbar aufschrien während ihre Blätter braune Ränder bekamen und sich aufrollten, bevor sie fielen. Womöglich brannte noch das ganze Haus ab. Für Heizlüfter war gar nicht der nötige Platz vorhanden; an Sicherheitsabstand war nicht zu denken in der Enge seines Dschungels. Was also tun? Das Thermometer fühlte nur noch ein Grad, als Alwin in den Keller stieg und sich verzweifelt umsah. Sein Blick fiel auf ein staubiges, zusammengerolltes Ding, das er nach längerem Überlegen als die dreißig

Meter lange Lichterkette erkannte, die Elfi ihm geschenkt hatte. Eine identische umschlang ihr Haus. Glücklicherweise brannten die Birnen ruhig und klar, flackerten nicht kitschig rosa oder violett wie so manches Zeugs in den Fenstern, das er verabscheute. Letztes Jahr hatte er ihr beim Befestigen an der Dachkante geholfen und dabei festgestellt, dass die vielen kleinen Birnchen erstaunliche Wärme erzeugten. Wärme! Genau, was er brauchte!

Er zerrte das widerspenstige Ding die Treppe hinauf. Oben angekommen, legte Alwin den Schlauch erst mal neben die Heizung, um ihn gefügiger zu machen. Viel Zeit blieb ihm dafür nicht. Er fühlte, wie die Kälte sich auf das Land legte und messerscharf durch die Ritzen drängte, als wüsste sie noch, dass sie auf dem Anwesen des alten Alwin willkommen gewesen war. Die Fenster waren alt, das Mauerwerk auch, hier im Haus ebenso wie draußen im Anbau.

Alwin zog einen dicken Pullover unter seinen Anorak, hängte sich entschlossen die Schlauchrolle über den Arm und kam sich vor wie ein Feuerwehrmann auf dem Weg zu einem Brand. Schnell huschte er durch die Tür vom Anbau, um nicht mehr Frost als nötig hineinzulassen. Der Himmel war sternenklar. Der Schein der Straßenlaterne mischte sich mit Mondlicht und fiel durch das Plexiglasdach, so dass Alwin gerade genug sah, um hantieren zu können. Sorgfältig zog er den Schlauch durch seinen Dschungel, legte um jeden Stamm eine Schlinge, so dass sie den Wurzelbereich sanft erwärmen konnte. Er arbeitete so schnell er konnte. Um jede Blüte, jeden zarten hellgrünen Trieb, jede unreife Zitrone fürchtete er, aber er war fest entschlossen, den Frost nicht an sie heranzulassen. Endlich war er fertig. Mit Handschuhen wäre er zu schwerfällig gewesen, doch nun waren seine Finger fast steif geworden. Ungeschickt bugsierte er den Stecker in die Dose.

Das Licht umhüllte die Stämme und schob den tödlichen Frost im letzten Moment beiseite. Alwin vergrub die Hände in den Hosentaschen, duckte sich in die Decke auf dem Korbstuhl und starrte gebannt auf das Thermometer, das langsam, langsam stieg. Er nahm es herunter und legte es auf die Erde im Mandarinenbaumtopf. Sechs Grad! Alwin atmete tief durch.

Draußen fingen die Glocken an zu läuten. Da erst fiel ihm wieder ein, dass Heiligabend war. Staunend sah er sich um. Weihnachtsbäume mochte er nicht, weil sie künstlichen Schmuck trugen, keine echten Blüten oder Früchte, und weil man sie ihrer Wurzeln beraubt hatte. Flackernde Lichter in knalligen Farben, wie sie zurzeit überall an den Fenstern hingen, ließen ihn kalt. Doch diese schlichte helle Lichterkette, die sich gleich einer zauberhaften Ranke schützend um seine Pflanzen wand und die Früchte und Blüten aufleuchten ließ, berührte ihn tief.

Nun hatte er auch Weihnachtsbäume. Einen ganzen Raum voll! Vielleicht ein wenig ungewöhnlich, aber wunderschön. Er beschloss, hier draußen den Heiligen Abend zu feiern. Doch dazu fehlte ihm noch etwas. Widerstrebend ließ er sein Wunder allein und eilte in die Küche. So sehr er exotische Pflanzen liebte, was Getränke anging, brauchte er seinen Friesentee. Eine große Thermoskanne war gerade zu seiner Zufriedenheit gefüllt und mit der richtigen Sorte Kandiszucker bestückt, als es klingelte. Ein Blick aus dem Fenster zeigte ihm, dass es Elfi war, in einer flauschigen weißen Jacke, die ihr zu den dunklen Haaren ausgezeichnet stand. Normalerweise bemerkte er so etwas gar nicht, aber plötzlich rührte sie ihn. Elfi – er war eigentlich nie sehr nett zu ihr, wenn er darüber nachdachte. Wurde er etwa doch seinem Großvater ähnlich? Alwin schüttelte den Kopf über sich selbst. Das konnte nicht sein, solange seine südlichen Blumen gediehen.

Elfi war überrascht, als er sie beim Handgelenk fasste und ins Haus zog. Eigentlich hatte sie ihm nur mit guten

Wünschen einen Teller Plätzchen in die Hand drücken und ihn fragen wollen, ob alles in Ordnung war bei der Kälte.

»Komm«, sagte er eifrig, »ich möchte dir was zeigen!«

Sie wollte den Teller auf dem Tisch abstellen, doch er hob die Hand. »Nein«, sagte er, »nimm ihn mit.«

Im Vorbeigehen griff er die Thermoskanne und zwei Tassen, dann zog er Elfi zur Hintertür hinaus. Verwundert folgte sie ihm. Der Anbau wirkte wie ein leuchtender Würfel. Die Glastür und die Fenster waren von einem wundersamen Muster aus Eisblumen bedeckt. Alwin klemmte die Thermoskanne unter den Arm, öffnete die Tür einen Spalt und ließ Elfi vorangehen, um schnell die Kälte wieder aussperren zu können.

»Bitte«, sagte er und wies auf den Korbstuhl.

Elfi war vor Staunen der Mund offen geblieben, doch sie nahm folgsam Platz. Sorgfältig breitete Alwin die Decke über sie und stopfte die Zipfel fest, ehe er sich auf den Hocker setzte und zwei Tassen Tee einschenkte, deren Dampf für noch mehr Eisblumen sorgen würde. Er gab der immer noch wortlosen Elfi eine Tasse in die Hand und nahm ihr den Plätzchenteller ab. »Mmmh, Vanillekipferl! Hast du die selbst gebacken?«

Die Frage weckte Elfi aus ihrer Verblüffung.

»O Alwin, ist das schön!«

»Deine Lichterkette hat die Pflanzen gerettet«, sagte er und erklärte ihr, wie das gekommen war.

»Wieso hast du mir diese Blumen noch nie gezeigt?«

Ja, wieso eigentlich? Er hatte einfach nicht daran gedacht. »Es tut mir leid, Elfi. Ich bin ein Schussel. Hier, sieh mal, diese Mandarine ist reif. Du kannst sie pflücken.«

Sie tat es mit einer Miene, als hole sie einen Stern vom Himmel. Der Duft der reifen Frucht stahl sich durch die Kälte, als sie sie teilten. Draußen wurde das Läuten der Kirchenglocken leiser und verstummte in eine tiefe Stille hinein; auf den Straßen war kein Auto mehr unterwegs.

Eine Strähne löste sich aus Elfis Pferdeschwanz und glänzte im Licht der unzähligen kleinen Glühbirnen plötzlich silbern. Er hob die Hand und strich die feinen Fäden behutsam wieder hinter ihr Ohr, erstaunt über sich selbst. So saßen sie beisammen und warteten, ob die Wärme, die aus dem Licht aufstieg, genügen würde.

❄

Der Weihnachtswind

»Betrachten Sie es als Weihnachtsgeschenk«, hatten sie vor zehn Tagen zu ihm gesagt. Und jetzt war er draußen im Leben gelandet, ausgerechnet am Heiligen Abend, drei Monate früher als er gerechnet hatte. Stand mit einem Beutel Sachen bei seiner flippigen Tante Mirjana vor der Tür und fand es seltsam zu klingeln. Wann hatte er das letzte Mal bei jemandem geklingelt? Er war es nicht gewohnt, dass sich eine Tür öffnete, wenn er es wollte.

Merkwürdig sah das Haus aus. Klein, und die Fenster so nackt. Erst beim zweiten Blick fiel ihm auf, dass keine Gitter davor waren. Keine Gitter und kein Lochblech. Im Knast hatten sie das Lochblech zusätzlich vor dem Gitter befestigt, um das Pendeln zu unterbinden. Die Häftlinge hatten Mitteilungen, Zigaretten und andere verbotene Dinge um Haarbürsten oder Seifenstücke gebunden und an Bindfäden vor dem Fenster hin- und hergeschwungen, bis der Mann in der Nebenzelle das Pendel greifen konnte. Durch das Lochblech aber konnte man gerade noch eine Kippe drücken. Ihm war es egal, er hatte mit den anderen sowieso nicht viel am Hut, und die Aussicht auf Mauern und Schornsteine war ohne Blech auch nicht schöner als mit. Da betrachtete er lieber das Bild vom Meer, das er aus einer Zeitschrift gerissen und mit Zahnpasta an die Wand geklebt hatte, um das müde Altweiß der Ölfarbe ein wenig aufzumuntern.

An Tante Mirjanas knallgrüner Haustür hing ein Engel aus Stroh, der ein Schild mit der Aufschrift »Frohe Weihnachten« in den Armen hielt. Es gab keinen Riegel, und das Holz sah aus, als würde ein Fußtritt genügen, um sie zu Staub zerfallen zu lassen.

Noch immer hatte er nicht geklingelt. Stand da, Auge in Auge mit dem Engel, und dachte über das Wort »froh« nach. War er froh?

Er hatte sich ein Taxi genommen. Die Stadt war ihm fremd geworden, und er wollte sich nicht in einen Bus setzen, als wäre das Alltag für ihn. Als er aus dem Tor getreten war und an der Straße stand, war ihm, als schwanke der Boden. Jetzt ging es ihm schon besser. Er streckte die Hand aus und stupste den Engel an, fuhr mit dem Zeigefinger über die alberne, verschnörkelte Klinke.

Die Tür seiner Zelle hatte anders ausgesehen. Grau,

mit einem Spion, einem Schloss und einem schweren Riegel. Beim Tagverschluss wurde der Schlüssel nur einmal im Schloss gedreht, nachts zweimal, und nachts wurde auch der Riegel zugeschoben.

An der Tür stand sein Name, Maiko Sonnenborn. An manchen Türen klebten neben den Namen farbige Punkte. Rot für selbstmordgefährdet, Grün für gewaltbereit. An seiner Tür war kein Punkt. Maiko fiel durch nichts auf. Er fiel sich ja selbst nicht mehr auf, er war nur irgendeiner zwischen anderen. Es war gar nicht so furchtbar im Knast, wie draußen im Allgemeinen angenommen wurde. Man war versorgt, und die Zeit verging eben, nur die Tage schienen immer mehr an Farbe zu verlieren, so wie seine Gedanken. Für andere war es schlimmer, für die, die Familie hatten und nur alle vierzehn Tage Besuch bekommen durften. Maiko war noch zu jung gewesen für Familie, gerade zweiundzwanzig, als sie ihn eingebuchtet hatten. Seine Mutter hatte er nie gekannt, und als sein Vater in einer stürmischen Winternacht in seinem überladenen Kleinbus eine Leitplanke durchbrach und von einer Brücke stürzte, kam Maiko ins Heim. Es gab also in den ersten Jahren im Knast niemanden, auf den er alle zwei Wochen wartete. Später, als Tante Mirjana von seinem Aufenthaltsort erfahren hatte, kam sie gelegentlich vorbei, wenn es ihr gerade einfiel. Sie war nicht mehr jung und ohnehin schusselig, aber sie meinte es gut. Nur kannten sie sich kaum.

Die Arbeit in der Gefängnisgärtnerei war es vielleicht, die ihn die Jahre gut ertragen ließ. Er pikierte Salat, Mohrrüben und Radieschen und beobachtete Ameisenvölker, denen Zäune und Mauern nichts bedeuteten. Außerdem fertigte er Grabgebinde, die nach draußen verkauft wurden, und überlegte dabei, für welche Menschen sie wohl bestimmt waren und ob sein Vater auch so eines bekommen hatte.

Das Schlimmste war die Langeweile nach der Arbeit, wenn er auf dem Bett lag und auf das Bild von den tobenden Wellen oder an die Decke starrte, oder das einzige interessante Abenteuerbuch aus der veralteten Gefängnisbibliothek zum x-ten Male las. Eigentlich hatte er es nur ausgeliehen, um darin die Blüten und Blätter zu pressen, die er bei der Arbeit in der Gärtnerei mitgehen ließ. Wenn sie trocken waren, legte er daraus Bilder auf den Boden und stellte sich vor, es wäre eine Wiese ohne Wände drumherum. Er war dankbar für seine Einzelzelle, denn hätten ihn die anderen bei diesem Spiel erwischt, wäre er verloren gewesen.

Manchmal hatte er das Gefühl, sich in der überflüssigen Zeit vom Feierabend bis zum Nachtverschluss einfach aufzulösen, und er warf einen Blick in den Spiegel, um sich zu vergewissern, dass er noch existierte. Dann war ihm, als könne er durch sein Spiegelbild hindurchsehen, so unwesentlich schien es.

Der Spiegel war in die Wand eingelassen, damit kein Gefangener auf die Idee kam, Scherben als Waffe gegen sich oder andere zu richten. Vielleicht gab es ja auch deshalb jeden Morgen um halb sieben die »Lebendkontrolle«, wenn die Schließer von außen das Licht anmachten und durch den Spion nachsahen, ob der Gefangene sich bewegte. Damit die Insassen nicht die Glühbirnen herausschrauben konnten, waren die Lampen ebenfalls vergittert, als sollte das Licht auch eingesperrt bleiben.

Jetzt aber war die Zelle Vergangenheit, und der Engel erwiderte ruhig seinen Blick.

»Bin ich froh?«, fragte sich Maiko wieder. »Nein, eher ratlos«, sagte er zu dem Engel. Seine Stimme klang ungeübt und ihm selbst unvertraut, als hätte er im Knast nie gesprochen.

»Guten Tag«, rief ihm jemand freundlich zu, der auf der Straße vorbeiging und im Nachbarhaus verschwand. Maiko zuckte zusammen. Ob er froh war oder nicht, er war zurück in der Welt und konnte nicht ewig hier stehen.

Er drückte entschlossen auf die Klingel und lauschte

dem fremden Geräusch nach, das sie durchs Haus warf. Von weit hinten näherten sich Schritte. Frauenschritte, leicht. Auch das ein fremd gewordenes Geräusch.

Tante Mirjana wirkte hier viel größer als im Knast hinter der Glasscheibe, wo sie ihm winzig erschienen war. Sie mochte schusselig und exzentrisch sein, aber sie war zu Hause in dieser fremd gewordenen Welt. Sie trug ein Kleid, das weit und ebenso knallgrün war wie ihre Haustür.

»Komm rein, Junge«, sagte sie.

Im Dachgeschoss bekam er ein Zimmer, das doppelt so groß war wie seine Zelle. Gleich daneben war ein Bad mit weißen Gardinen am Fenster.

»Ich habe dir ein paar Sachen von Onkel Werner hingelegt, Pullover, Jeans, warme Socken«, rief Tante Mirjana von unten. »Bisschen weit vielleicht, aber erst mal gemütlich.« Onkel Werner war seit sechs Jahren tot. Diese Kleider waren genauso lange nicht lebendig gewesen wie Maiko.

Er stand vor der Wanne und drehte den Wasserhahn auf und zu. Daran musste er sich erst gewöhnen. Duschen können, wann er wollte!

Im Knast durfte er nur einmal die Woche, und dann mit achtzehn lärmenden Mann zusammen. Wenn sie Pech hatten, fiel das Duschen auch aus, und es dauerte zwei Wochen. Gegen die Schuld half das Duschen ohnehin nichts. Anfangs hatte er jede Minute ausgenutzt und sich vorgestellt, er könne die Schuld abspülen, irgendwann. Dass sie sich wie eine schwarze, eklige Schlange aus ihm lösen und durch den Abfluss ins Dunkel und Vergessen davongleiten würde. Er versuchte sich einzureden, dass er die falschen Freunde gehabt hatte. Dass es als Entschuldigung genügte, dass er und seine Kumpels besoffen gewesen waren und dass der ganze Raub eigentlich nur eine Wette, eine Mutprobe gewesen war; jedenfalls hatte er das gedacht. Wer konnte denn ahnen, dass Hans eine Waffe hatte. Dass der in seiner Panik den ahnungslosen Kunden abknallte, der zum falschen Zeitpunkt in den Laden gekommen war. Dass er, Maiko, bei seiner Flucht versehentlich auf den armen Typen getreten war, der da lag, was ihm nachher als schwere Körperverletzung angerechnet wurde. Doch das dumpfe Gewicht in seinem Innern ließ sich weder vom Duschwasser fortspülen noch von dem Regen, in dem er am liebsten arbeitete, noch von dem Ozean auf seinem Bild.

Mit den Jahren bemerkte er, dass es sich mit der Schuld und dem Entsetzen über sich selbst verhielt wie mit dem Stein, den jemand vor Jahren in ein Loch im Stamm der Rotbuche am Eingang der Gefängnisgärtnerei gelegt hatte. Die Rinde schloss sich zentimeterweise darüber und hielt den Stein für immer fest. Der Baum wurde größer und stemmte seine Last dem Himmel entgegen, war gezwungen, sie mit sich in die Höhe zu tragen, wenn er wachsen wollte. Leichter wurde sie nicht, doch der Baum stärker.

Trotz allem fühlte er sich neu, als er in den alten, weiten Jeans und einem dunkelroten Pullover mit heimeligen Flicken an den Ärmeln aus dem Bad kam, im Zimmer das Fenster weit öffnete und sich hinauslehnte. Kein Gitter, kein Lochblech, nur Luft und Himmel. Unten schlief der Garten im Schnee. Auf dem Rasen waren seltsame, hohe Gebilde verteilt.

Plötzlich war er neugierig. Er lief hinunter.

»Tante Mirjana, was ist das da alles im Garten?«

Sie stand in der Küche und füllte dampfenden Kakao in Tassen. »Mein Hobby«, sagte sie und hielt ihm eine hin. Zusammen traten sie ans Fenster. »Windspiele. Ich mache sie aus Draht, Holz, Klangstäben, Kokosnussschalen, Glasscherben, Bambusrohren, Muscheln, Kieselsteinen. Alles auf der Welt hat einen Klang. Aber ich zwinge den Dingen keine Musik auf. Sie machen ihre eigene, mit dem Wind zusammen. Ich mag es, zuzuhören. Jedes Wetter spricht anders. Jeder Tag tanzt anders. In meinem Garten wohnen mehr Töne als Blumen.

Die Töne muss man nicht gießen, und ich bin eher faul.« Sie zwinkerte ihm zu.

Er öffnete die Terrassentür und trat hinaus. »Warte«, rief sie ihm nach. »Schuhe!«

Er blickte an sich hinunter. Stimmt ja, er lief noch in Wollsocken herum! Himmel, wie lange würde es dauern, bis er mit einem ganz normalen Alltag klarkam? Tante Mirjana reichte ihm ein paar Gummistiefel, doch er schüttelte den Kopf und zog die Socken einfach aus.

Herrlich prickelte der Schnee unter seinen Sohlen. Ja, er lebte, kein Zweifel. Am liebsten hätte er sich hingeworfen, die Arme auf und ab und die Beine auseinander bewegt und so einen Engelsabdruck gemacht wie früher als Kind. Warum eigentlich nicht? Tante Mirjana schien so etwas nicht zu stören, sie war ja selbst seltsam genug. Maiko ließ sich auf den Rücken fallen. Der Himmel war weit, so beängstigend weit über ihm. Sein Blick klammerte sich an einem bestimmt zwei Meter hohen Gebilde aus Bambus und tönernen Glocken fest, das sich langsam im Wind drehte. Seine Angst legte sich wieder. Er stand auf und betrachtete den Engelsabdruck, den sein Körper auf der Wiese hinterlassen hatte.

»Nicht schlecht«, sagte Tante Mirjana hinter ihm. »Dieser Engel ist groß und kräftig. Der kann es mit so manchem Problem aufnehmen.«

Seine Füße wurden eisig, doch er wanderte noch einen Augenblick umher und betrachtete die Windspiele, die wie lebendige Skulpturen wirkten. Manche leicht, manche schwerfällig. Alle hatten Arme, die sich um Stangen drehten oder von Bäumen herunterhingen, und jeder Windstoß schickte eine Welle von Klängen durch den Garten, die ihm wunderbar erschienen. Gerade jetzt konnte er Stille nicht gebrauchen, zu viel versteckte sich darin. Er wollte das Leben hören. Und Tante Mirjanas Töne klangen, als hätten sich die Gitterstäbe vor seinem Fenster gelöst und trieben nun federleicht herum, begegneten sich im Wind und erzählten von neuen, ganz anderen Tagen.

»So, nun is erstmal genug mit dem Barfußgehen«, sagte Tante Mirjana und zog ihn am Ärmel. »Lass uns reingehen und nachsehen, was wir zum Abendessen finden.«

»Aber was ist das?«, fragte Maiko und zeigte auf ein Gebilde, das unter einem großen Nussbaum stand. Es war von einer großen grünen Plane verhüllt.

»Dein Weihnachtsgeschenk«, sagte Tante Mirjana verschmitzt. »Dafür gibt es keinen Weihnachtsbaum. Seit ich allein bin, hab ich mir Weihnachten abgewöhnt. Der Engel an der Tür ist ein Zugeständnis an die Nachbarn.«

»Das ist in Ordnung.« Er dachte an den schiefen, schon etwas abgewetzten künstlichen Baum, der im Aufenthaltsraum gestanden hatte, und an die Tüten mit Tabak und faden Keksen, die der Pfarrer an Weihnachten verteilte. Es gab auch einen Gottesdienst in der Kapelle, aber er hatte keine Lust, extra einen Vormelder auszufüllen und rechtzeitig abzugeben, nur um eine Predigt zu hören, die seinem Leben sehr fern schien.

»Und wann ist Bescherung?«, fragte er, als sie durch die klare, schnelle Dämmerung zurück ins Haus gingen. Merkwürdig, er konnte kaum abwarten zu sehen, was sich unter der Plane verbarg.

»Später«, sagte Tante Mirjana und stupste ihn auf die Nase, als sei er zwölf. Sie sah in den Kühlschrank. »Was hältst du von Toast Hawaii?«

»Wunderbar!«

Der Geschmack, der in seiner Erinnerung aufstieg, hatte nichts mit Weihnachten zu tun, aber auch überhaupt nichts mit Knast.

»Und danach, wenn du's mir verzeihst«, sagte Tante Mirjana, »werde ich mich zurückziehen. Ich bin ein Morgenmensch. Abends brauch ich meinen Schlaf.«

»Und die Bescherung?«

»Wirst schon sehen.«

»Wie lange braucht der Toast?«, erkundigte er sich.

»Zehn Minuten.«

»Bin gleich zurück, muss noch mal rauf.«

Er nahm zwei Stufen auf einmal. Merkte oben erst, dass er lange keine Treppe mehr so hinaufgesprungen war. Aus seinem Beutel holte er einen grauen Umschlag und machte sich auf die Suche nach Tante Mirjanas Schlafzimmer. Auch sie sollte ihre Bescherung haben. Aus dem Umschlag holte er vorsichtig die gepressten Blüten, Farne und Blätter aus den Jahren in der Gefängnisgärtnerei. Sorgfältig legte er ein Muster auf das Bett, auf den Teppich, auf den Frisiertisch, bis das Zimmer aussah, als hätten sich Tante Mirjanas Träume sichtbar darüber gelegt.

Der Toast schmeckte wunderbar, aber Maiko beeilte sich mit dem Essen. Durch das Fenster sah er, dass Tante Mirjana inzwischen draußen gewesen war und um sein verhülltes Geschenk einen Kreis aus Fackeln angezündet hatte. Es wirkte wesentlich dramatischer als Kerzen an einem Weihnachtsbaum und weckte doch Erinnerungen an längst vergessen geglaubte Bescherungen. Er wunderte sich selbst über seine kindliche Ungeduld. Vielleicht hatte er seine Fähigkeit zu warten in der Haft einfach verbraucht.

»Und nun gute Nacht«, sagte Tante Mirjana und drückte ihm einen ungelenken Kuss auf die Stirn.

Für einen Moment hielt er sie fest. Ihre Zerbrechlichkeit jagte ihm ein wenig Angst ein.

»Die Glocken zur Bescherung läuten ja im Garten sozusagen immer, du kannst also ruhig schon hinausgehen. Aber zieh dir eine Jacke an, und nichts anfassen, sondern warten.«

Sie verschwand die Treppe hinauf. Folgsam zog er die dicke Jacke an, die sie ihm in die Hand gedrückt hatte, und stapfte in den dunklen Garten hinaus. Die Nacht war kalt und sternenklar. Der Schnee knirschte unter seinen Stiefeln. Die Windspiele klangen gedämpft, denn die frische Brise von vorhin war sanft und langsam geworden.

Er stand im Kreis der Fackeln und starrte das rätselhafte Objekt unter der Plane an, bis in Tante Mirjanas Zimmer das Licht anging. Es dauerte eine Weile, bis sie das Fenster öffnete und sich hinauslehnte. »Danke! Und frohe Weihnachten!«, rief sie.

Im selben Moment begann sich die Plane zu heben. Da erst sah Maiko, dass sich eine Schnur daran befand, die über den Ast des Nussbaums zu Tante Mirjanas Fenster führte. Wer ihr dabei wohl geholfen hatte? Nun zog sie an der Schnur, und die Plane schwebte zum Ast empor und lüftete ihr Geheimnis. Tante Mirjana schloss das Fenster und löschte ihr Licht.

Maiko stand allein vor seinem Geschenk.

Erst nach einigen Augenblicken begriff er, was es war. Eine Tür. Ein Türrahmen mitten auf dem Rasen, ein Türrahmen ohne dazugehörigen Raum, sondern nur mit der Welt um sich. In ihm befand sich auch ordnungsgemäß eine Tür, mit einer Klinke, aber ohne Schloss. Doch auch diese Tür bestand nur aus einem Rahmen. Selbst wenn sie geschlossen war, konnte man durch sie hindurchsehen und hindurchgehen.

Der Türrahmen seinerseits war an einer Stange befestigt, um die er sich drehen ließ. Oben auf der Stange thronte ein alter Wetterhahn und zeigte die Himmelsrichtungen an. Maiko streckte ungläubig die Hand aus und bewegte den Rahmen mit der Tür so, dass sie sich nach Westen öffnete. Dort hatte Tante Mirjana eine Tüte Schokolade und eine Handvoll Nüsse hingelegt. Er drehte die Tür weiter, probierte Süden, Norden, Osten, sah lange hindurch. Überall bot sich eine andere Aussicht, und in jeder Richtung hatte Tante Mirjana eine andere Sache ins Blickfeld gerückt – eine Mundharmonika, eine gestrickte Weste, eine Schneefrau.

Unvermutet wurde der Wind wieder stärker und bewegte die Tür selbst um die Stange, mal in die eine, mal in die andere Richtung, mal schneller, mal gemächlich. Staunend folgte Maiko ihr. Am Himmel entdeckte er im Rahmen der Tür mal den Abendstern, mal den großen Wagen, mal den Orion, hell und aufrecht. Dann hörte der Wind auf. Die letzten Töne im Garten verklangen mit ihm.

Maiko hob langsam die Hand, griff nach der Klinke und öffnete die Tür vorsichtig in ihrem Rahmen. Er zögerte, dann ging er hindurch. Er trat Spuren in den Schnee, drehte sich um und betrachtete sie. Dann kehrte er zurück, drehte die Tür weiter und ging auch diesen Weg durch sie hindurch.

Er war frei!

Es war weit nach Mitternacht, als er genug Schritte gemacht und Richtungen betrachtet hatte. Von seinen Wegen und dem, was ihn überwältigte, war ihm heiß geworden. Er zog die Jacke aus, legte sie in den Schnee und setzte sich darauf mit Blick durch die Tür, die jetzt nach Osten offen stand. Durch sie würde er das erste Morgenlicht sehen.

Oben am Ast des Nussbaums flatterte die weihnachtsgrüne Plane in einem neuen Wind, als hätte Tante Mirjana eine Fahne über Maikos Zukunft gehisst.

Er wartete auf den Tag.

❄

Der heilige Strohsack

Ich lag mit einer Grippe im Bett und starrte missmutig auf den Adventskranz. Es war noch zu hell, um die Kerzen anzuzünden. Aber aus dem Fenster sehen wollte ich nicht, denn draußen im Garten war es so kalt und grau wie in meinen Gedanken.

Doch plötzlich erschien mein Großvater auf der Terrasse, winkte mir zu und stellte polternd drei Sträucher in Töpfen genau in mein Blickfeld. Und das Erstaunliche war: Sie blühten! Einer gelb, einer rosa und einer sonnig orange. Dabei hatten wir minus sieben Grad. Aber mein Großvater musste wissen, was er tat. Er war leidenschaftlicher Gärtner.

Kurz darauf kam er mitsamt der Kälte ins Zimmer und füllte es mit seiner vertrauten Bassstimme. »Winterjasmin, duftender Schneeball und Zaubernuss«, erklärte er, während er sich aus seinem scheinbar endlosen Schal wickelte. »Die meisten Leute wissen nicht, dass es hier Pflanzen gibt, die mitten im Winter blühen.« Er fixierte mich streng mit seinen immer noch frühlingshimmelblauen Augen. »Willst du wissen, was es mit ihnen auf sich hat? Du siehst aus, als könntest du eine Geschichte gebrauchen!«

Geschichten waren schon immer sein Allheilmittel für alles gewesen. Ich fühlte mich auf einmal wieder behaglich siebenjährig und rollte mich unter meiner Decke zusammen.

»O ja, erzähl!«, bat ich.

»Es ist eine sehr alte Geschichte«, sagte er und ließ sich auf dem Schreibtischstuhl nieder, der unter seinem Gewicht wirkte wie ein Kindermöbel. Er lehnte sich bequem zurück und hakte die Daumen in seine Hosentaschen.

»In jenen langvergangenen Wintertagen kamen nicht nur die Weisen aus dem Morgenland in den Stall von Bethlehem. Auch ganz oben im Norden gab es weise Männer.«

Großvaters Stimme, die für mich die Welt schon immer erschüttern, aber auch heilen konnte, trug mich in eine andere Zeit.

»Haikki und sein halbwüchsiger Sohn Rinja kamen aus einem Land, in dem das Leben und die Farben den größten Teil des Jahres unter einer gleichgültigen Schneedecke begraben lagen, die dick war wie die Speckschwarte eines Eisbären, und wo die Tage fast nur einen Atemzug dauerten, während die Nächte kein Ende fanden. Die beiden hatten eine sehr lange und lehrreiche Reise hinter sich.

Immer wieder hatte Haikki von Palmen geträumt und vom Stern von Bethlehem, und die Träume hatten ihn geführt.

Die Geschichte jener Nacht, als das Jesuskind geboren wurde, kennt jedes Kind. Jährlich wird erzählt von den Engeln und von den Hirten und von den Heiligen Drei Königen und ihren Geschenken. Aber kaum jemand weiß heute, dass auch Haikki damals unter den Hirten stand und andächtig auf das Jesuskind schaute und dass Rinja mit angehaltenem Atem die winzige Hand berühren durfte, ehe Haikki ihn nach draußen zu den Hirtenkindern schickte, damit es um das Jesuskind nicht zu laut wurde.

Haikki saß in dieser Nacht eine Weile bei Josef und Maria, die vor Müdigkeit nicht schlafen konnten, und erzählte ihnen vom Norden, von dem weichen hellen Schnee, unter dem sein Land träumte. Das kühlte ihre Sorgen und ließ sie ein wenig zur Ruhe kommen.

Rinja schlief hinter dem Stall unter den Palmen, in eine Decke gewickelt und mit seinem Rucksack als Kopfkissen. Er sah den Stern von Bethlehem groß und nahe, und der Wind flüsterte in seinen Ohren und erzählte von Wundern. Dabei duftete es so dicht nach Oleander und Orangenblüten, als könnte er den Geruch berühren.

Sehr früh am Morgen, als gerade die erste pfirsichfarbene Dämmerung hinter dem Horizont hervorschlich, erwachte er und sah Maria aus dem Stall treten. Sie bat Rinja leise, er möge doch ein neues Bündel Stroh aus der nahen Scheune holen, damit sie dem Jesuskind ein frisches Lager bereiten könne. Sie traue den Läusen und Flöhen nicht, sagte sie, ob die das Jesuskind von anderen Kindern unterscheiden könnten, außerdem habe es in der Nacht geschwitzt.

Rinja beeilte sich, ihr diesen Wunsch zu erfüllen.

Maria hielt das schlafende Kind auf dem Arm, während Rinja sorgfältig das Stroh in der Krippe auswechselte. Dem Jesuskind schien das zu gefallen, denn als Maria es wieder hinlegte, streckte es sich und gähnte mit einem Lächeln, ohne aufzuwachen.

Rinja nahm das alte Stroh mit hinaus. Er konnte keine Flöhe oder Läuse entdecken, und sehr nass geschwitzt kam es ihm auch nicht vor. Er trocknete es vorsichtig auf einem flachen Stein in der Morgensonne. Danach stopfte er damit seinen Rucksack aus. Da er kaum etwas besaß, war viel Platz darin, und das Stroh wog ja so gut wie nichts.

Auf seiner beschwerlichen Reise nach Hause hatte er nun ein weiches Kissen, und sein Kopf ruhte auf dem Stroh, auf dem das Jesuskind geschlafen hatte, und ihm war, als hätte er nie zuvor Träume gehabt, die so voller Licht waren. Rinja trug einen Schatz mit sich, von dem niemand etwas ahnte. Kein Räuber würde ihn stehlen. Es war ja nur altes Stroh.

Die Zeit brachte den Frühling, dann den Sommer und den Herbst. Haikki und Rinja wanderten nach Norden. Als sie ihr Land erreichten und sich schließlich ihrem Dorf näherten, lag bereits wieder Schnee. Am Himmel spielte das Nordlicht.

In der nächsten Zeit fand Haikki wenig Schlaf, denn alle saßen jeden Abend um sein Feuer bis weit über Mitternacht. Haikki musste vom Süden erzählen, von Josef und Maria und dem Jesuskind, aber auch von den fremden Häusern und Ernten und Sitten, während draußen über dem Fjord ein Orkan tobte und das Eis bedrohlich auf dem Dach knackte.

Rinja saß bei seiner Großmutter und erzählte auf seine Art. Sie war schwach geworden während seiner Abwesenheit und litt unter Kopfschmerzen, doch Rinja fertigte ihr eine Nackenrolle aus einem alten Gewand und einem Teil des Strohs, auf dem das Jesuskind geschlafen hatte. Es ging ihr schon am nächsten Tag besser, und sie nahm seine Hand und versicherte ihm, ein schöneres Geschenk hätte er auf der ganzen Welt nicht finden können. Einmal träumte sie sogar von den Palmen, die sie nie gesehen hatte, und von dem Stern von Bethlehem, der so groß und so nahe war; und ihr war, als hätte sie eine Hand auf ihrer Stirn gespürt, so dass ihr warm und leicht zumute wurde.

Den Rest des Strohs breitete Rinja hinter der Hütte aus, wo eine struppige graue Kletterpflanze und zwei krumme, kahle Sträucher im Sturm froren. Er würde noch eine Ewigkeit warten müssen bis zum Frühjahr, aber wenn es so weit war, würde er dort Blumen pflanzen, und das Stroh würde sie schützen und ernähren.

Es gab viel Arbeit, denn es wurde ein ungewöhnlich harter, eisiger Winter. Rinja hatte wenig Zeit zum Träumen.

Am Morgen des Heiligen Abends hingen aufgeblasene schwarze Wolken so tief, als müsse man sich vorsehen, um sich nicht den Kopf daran zu stoßen. Es wurde kaum hell. Rinja kämpfte sich durch den Schnee hinter die Hütte, um Brennholz hereinzuholen. Plötzlich blieb er stehen wie eingefroren, einen Fuß noch in der Luft vor Erstaunen. Da leuchtete etwas Buntes an der Hauswand! Dabei gab es doch zu dieser Zeit in dieser Landschaft keine Farben, bis auf das Nordlicht.

Er ließ den Holzkorb stehen und lief hin. Er fühlte, wie Tränen in ihm aufstiegen, langsam und heiß von ganz innen aus seinem Bauch bis in seine Augen, so andächtig staunte er.

Die graue Kletterpflanze an der rauen Hüttenwand hatte grüne Arme zum Giebel ausgestreckt und war voll sonniggelber Blüten wie eine Erinnerung aus einem Hochsommer in Rinjas Kindheit, als er noch mit seiner Mutter auf einer Bergwiese gespielt hatte.

Der linke krumme, kahle Strauch war nicht mehr kahl. Er war bedeckt mit aufrechten orangenen Büscheln wie kleine Feuer, die Wärme in den Schnee und Rinjas Seele brannten.

Der rechte Strauch war auch nicht mehr nackt, sondern trug schwer an rosa Blütenbällen, und sie dufteten so fruchtig wie die Orangenblüten in der Nacht, in der das Jesuskind geboren wurde und auf dem Stroh geschlafen hatte, das jetzt die Wurzeln der Pflanzen wärmte und schützte.

Rinja kniete eine Weile vor diesem Wunder und schnitt dann ganz behutsam mit seinem kleinen Messer drei Zweige ab, einen mit sonnigen gelben Blüten, einen mit aufrechten Büscheln wie kleine Feuer und einen mit rosa Bällen voller Duft. Er brachte sie seiner Großmutter, die ein klares Leuchten in ihre Augen bekam und ein tiefes Lächeln, wie er es gar nicht mehr an ihr gekannt hatte.

Jahre vergingen, das Jesuskind war längst erwachsen geworden und in den Himmel gekommen, und immer noch blühten in jedem Dezember, wenn der Schnee tief und Wind und Wolken eisig und erbarmungslos waren, hinter Rinjas Haus leuchtend die Sträucher. Rinja wurde ein alter Mann und lehrte seine Kinder und Enkel, wie man mit Sorgfalt und Behutsamkeit aus den Zweigen neue, junge Pflanzen ziehen konnte. Er verschenkte sie im ganzen Land an Menschen, welchen es an Gesundheit oder Hoffnung fehlte. Das Land war im Winter nie mehr ohne Farben.

Heute hat man Gewächshäuser und Flugzeuge, die Blumen zu jeder Jahreszeit überallhin bringen, und darum ist das Wunder von Blüten zur Weihnachtszeit nicht mehr so groß. Und dennoch, wenn du den sonnigen Winterjasmin an deiner Hauswand klettern lässt oder die fröhliche Zaubernuss und den duftenden Schneeball ganz vorne in den Garten pflanzt, dann wirst du sehen, dass die Leute mitten im Hasten und Frieren im Schneesturm stehen bleiben. Diese Blüten bringen immer noch Licht und Farben in die Wintertage, den Frühling in die Augen, das Staunen in die Herzen und das Wunder in das Denken der Menschen. Und das nur, weil vor langer, langer Zeit in Bethlehem ein fremdes Kind die Augen offen hatte für das Besondere und die Möglichkeiten in einem alten Bündel Stroh, und weil es daran geglaubt hat.«

Großvater schwieg, und wir sahen eine Weile hinaus in die schwere Dämmerung, in der bunte Punkte gerade noch erkennbar waren. Als die Nacht sie ganz verschluckt hatte, beugte er sich vor und zündete die Kerzen auf dem Adventskranz an.

Später würde er wieder seiner Wege gehen, und wer weiß, wann ich ihn wiedersah. Er kam so selten und überraschend wie Schneeschauer im Mai.

Doch die Blüten würden morgen noch da sein und Winter für Winter in den Garten zurückkehren und mit ihnen seine tröstliche Gegenwart.

Das Jesuskind in der Rumpelkammer

Merrit hantierte gerade ganz hinten in der winzigen Kaffeeküche, als sie die Ladentür hörte. Sie ahnte sofort, dass etwas geschehen war, denn in dem vertrauten Klingelton klang plötzlich etwas Dunkles.

»Merrit?«

»Hier! Komm rein, Kaffee ist gerade fertig.«

Sie wusste schon, was kam, als sie ihn sah, wie er sich unter dem Türrahmen hindurchduckte. Es war, als wolle er sich gar nicht wieder aufrichten.

»Jetzt ist es so weit«, sagte er. »Die Klempnerei ist pleite. Der Meister hat mich gefeuert.« Niko sagte nicht dazu, dass er genau gesehen hatte, wie sein gestrenger, jähzorniger Meister sich dabei eine Träne an den öligen Ärmel gewischt hatte. Das konnte er selbst kaum glauben.

»Trink erst mal.« Sie reichte ihm den heißen Kaffee und fühlte sich hilflos. Es war ja keine Überraschung. Schon lange hatte sie begonnen, sich nach einem anderen Job für Niko umzusehen. Aber das war eben beinahe unmöglich in dieser kleinen Stadt, in der fast die Hälfte der Menschen arbeitslos war. Überall standen Läden leer und wurden von Schimmel und Einsamkeit besetzt.

Sicher, sie hatten zusammen überlegt, ob sie fortziehen sollten wie so viele, die behaupteten, Rapsfelder gäbe es überall. Aber Merrit und Niko wollten die Rapsfelder, die sie kannten, wollten das Tal mit den Burgruinen, in denen sie einmal gespielt und sich gegruselt hatten und die wie vertraute alte Zähne auf den Hängen standen. Sie wollten Heimat. Andere lachten darüber, fanden das altmodisch, ihnen aber war es ernst.

Merrit arbeitete vormittags im Kindergarten und widmete sich nachmittags ihrem Fernstudium. Vor einigen Monaten hatte sie das große Glück gehabt, dass ein Verrückter ausgerechnet hier eine Galerie eröffnete. Anscheinend hofften Martin Ostertag und seine Silvana auf die Sommertouristen, oder sie hatten genug Vermögen und wollten sich einfach nur einen Traum erfüllen in dem alten Hof, den sie liebevoll renoviert und schließlich bezogen hatten. Die Galerie bestand aus einigen verschachtelten Räumen, in welchen jeweils ein Künstler für einen Monat eine Ausstellung bekam. Früher war hier eine Werkstatt gewesen. Martin Ostertag hatte die rauen Backsteinwände einfach weiß getüncht und hier und da in den Ecken Scheinwerfer angebracht, so dass die Kunstwerke gespenstische Schatten warfen und auf den Unebenheiten an den Wänden seltsame Formen zeichneten. Merrit hatte die Aufgabe, nachmittags anwesend zu sein, falls jemand sich die Werke ansehen oder gar eines kaufen wollte. Meist kam niemand, und sie saß in der Kaffeeküche und lernte. Diesen Monat fiel es ihr allerdings schwer, denn die aktuellen Kunstwerke waren sehr eigenartig. Sie konnte sich in ihrer Gegenwart nur schwer konzentrieren. Es handelte sich um Gebilde aus Kunststoffröhren, die sich wanden, als seien sie in einer Pein erstarrt; und aus irgendeinem Grunde hatte der Künstler sie mit rosa gefärbten Kieseln bestückt. Zwischen ihnen und den dramatischen Schatten fühlte sich Merrit als das, was sie hier war: eine Nebensache. Darum war sie jedes Mal froh, wenn Niko vorbeikam und sie in den Arm nahm. Dann wusste sie wieder, dass sie lebte und damit den Kunstwerken einiges voraushatte.

Aber Leben kostete Geld, und Nikos Lohn würde ihnen schmerzhaft fehlen. Und das war nicht das einzige Problem.

In ihren Händen wurde der Kaffee kalt, und das

Schweigen baute sich auf. »Bis Weihnachten kommen wir über die Runden«, sagte Merrit schließlich. »Und im neuen Jahr finden wir was. Ganz sicher.«

Allerdings war erst Anfang November. Lange würde Niko es nicht ohne Arbeit aushalten. Er war keiner, der tatenlos herumsitzen konnte. Seine Mutter hatte behauptet, in seinen Adern flösse Quecksilber und in seinem Gehirn wohne ein Flohzirkus.

Außerdem war für Januar eine Mieterhöhung angekündigt. Die Aussichten schienen so grau wie das Wetter. In Merrit kroch eine kalte Angst hoch. Keine Arbeit für Niko würde einen Umzug bedeuten. Es würde bedeuten, dass es doch nichts damit wurde, in der Heimat zu bleiben. Es könnte sogar bedeuten, dass ihre Beziehung verlorengehen würde. Sie kannten sich, seit sie Kinder waren, aber kannten sie sich gut genug für anderswo?

Niko sah sich düster um. »Sag mal, kann der Künstler von diesem Zeug eigentlich leben?«

»Also, verkauft habe ich noch nichts. Ich glaube, er ist außerdem Apotheker.«

In diesem Moment ging die Türglocke erneut. »Ein Kunde«, sagte Merrit und eilte nach vorn.

Sie zeigte dem älteren Herrn die Räume, erklärte die Werke und die Preise und gab ihm das, was er in Wirklichkeit wollte, nämlich einen Schwatz und Tipps für geeignete Wanderwege in der Umgebung.

Als sie nach einer halben Stunde in die Kaffeeküche zurückkehrte, war Niko verschwunden. Da es keinen Hinterausgang gab, konnte er nur im Keller sein. Vorsichtig kletterte Merrit die enge Stiege hinab.

Der Keller hatte interessant gewölbte Decken, doch Martin Ostertag hatte hier nichts gestrichen; die Backsteine waren nackt und etwas unheimlich. Es gab zwei Räume; in dem einen stand eine Skulptur, die zu groß für oben gewesen war. Sie wurde von einem einsamen Scheinwerfer angestrahlt, der mehr Schatten wachrief als er vertrieb. Fast wirkte die eigenartig wurmförmige Gestalt, als würde sie sich jeden Moment entrollen und davonschlängeln. Der zweite Raum war eine Rumpelkammer, durch eine unverschlossene Gittertür abgetrennt. In dieser Kammer waren damals eilig sämtliche Teile und alles Material gelandet, was von der Werkstatt des Vorbesitzers übriggeblieben war.

Niko hockte in einem Winkel, und auf seinem Gesicht lag hell das kindliche Strahlen, das sie von ganz früher her an ihm kannte. Damals trug er es, wenn er eine besonders gelungene Murmelbahn gebaut oder wenn er sie beim Versteckspiel als Erster gefunden hatte. In der letzten Zeit war es selten geworden.

»Schau mal, was hier alles ist!«, rief er begeistert.

Von Kartons und Tapetenrollen jeder Art bis Fliesenscherben, Kleister, Farben, Pinsel, Zangen und Drahtstücken war hier offenbar alles zu finden, wild durcheinandergeworfen. Niko hatte die halbe Stunde gründlich genutzt. Wenn ihn etwas begeisterte, war er nicht aufzuhalten. Er machte eine Ecke frei, indem er alles kurzerhand beiseiteschob. Aus umgekehrten Eierkartons und Styroporverpackungen schuf er eine großzügige Landschaft, eine Art Grotte mit Bergen drumherum. Darüber streute er Sägespäne und sprühte weiße Farbe über alles. Schon war eine schneereiche Gegend entstanden.

Einsam in der Grotte stand eine Figur. »Ist nur ein Versuch, eine Probe«, sagte Niko zu der staunenden Merrit. »Da kann man mehr draus machen.« Die Figur war aus Draht gebogen, mit einem Mantel aus feinem Sandpapier, das durch einige dunklere Knicke wie altes Leder wirkte. Der Kopf bestand aus einem Korken, zur Seite geneigt, als lausche der Mensch auf eine Ahnung von großartigen und geheimnisvollen Dingen, die geschehen würden. Das Gesicht hatte Niko mit wenigen Strichen gezeichnet, und zeichnen konnte er.

»Glaubst du, es stört jemanden, wenn ich hier ein wenig bastele?«, fragte Niko.

»Nö. Martin Ostertag war seit einer Woche nicht hier. Und in dieser Rumpelkammer wahrscheinlich seit der Eröffnung nicht. Ob hier Gerümpel liegt oder Gerümpel und eine Bastelei, dürfte ihm egal sein. Aber jetzt machen wir erst mal Feierabend.«

Sie schlossen ab, gingen nach Hause und versuchten, ihre Sorgen bei einem Spieleabend mit den Nachbarn zu vergessen.

Am nächsten Tag saß Merrit wieder über ihren Büchern, als Niko in die Galerie kam. Es war schon spät.

»Glück gehabt?«

»Nö«, seufzte Niko. »Ich war bei fast jedem Klempner in der Stadt. Im Baumarkt suchen sie Aushilfen, aber erst ab Februar und nur stundenweise.«

Sie küsste ihn. »Nicht aufgeben.«

»Ich geh noch ein wenig runter.«

Im Keller hörte sie ihn gewaltig rumoren. Wenigstens ließ er sich nicht hängen.

Eine Stunde später rief sie ihn. »Niko, wir müssen abschließen.«

Freudestrahlend tauchte er auf. »Aber nicht gucken! Es soll eine Überraschung werden, wenn's fertig ist.«

Ihr war es recht. Die Prüfungen rückten näher, sie musste büffeln.

So wurde es ihr Rhythmus in den nächsten Wochen.

Niko war auf Arbeitssuche, und ein oder zwei Stunden vor Merrits Feierabend kam er zu ihr in die Galerie und tauchte in den Keller ab. Nach einer Weile schwand stets seine Bedrückung, und sie hörte, wie er zu pfeifen begann.

Eine Woche vor dem ersten Advent war die Ausstellung zu Ende, und die Werke eines anderen Künstlers, eines gewissen Reiko Pratzel, bekamen ihre Chance. Der ganze Freitag und Samstag gingen dafür drauf, die Würmer mit den rosa Steinen zu verpacken, in einen Lieferwagen zu räumen, die neuen Skulpturen aus ihren Hüllen zu befreien, wirkungsvoll aufzustellen und zu beschriften. Dieses Mal handelte es sich um scharfkantige Gebilde aus Stahl und Glas, ein wenig wie gewaltige Flügel ohne Wesen daran, als hätte sie ein riesiger Schmetterling verloren oder ein Drache. Sie wogen eine Menge. Martin Ostertag packte selbst mit an, war aber froh über Nikos Hilfe. Das Schwierigste war die Beleuchtung. Das Glas und das Metall warfen interessante Lichtreflexe in die sonst dunklen Ecken, und diesen Effekt galt es auszunutzen. Niko erwies sich als sehr geschickt darin, die Scheinwerfer einzustellen. Martin Ostertag klopfte ihm anerkennend auf die Schulter. »Richtig weihnachtlich sieht das aus«, sagte er begeistert. Merrit und Niko sahen sich an. Lichter hin,

Lichter her, die Skulpturen strahlten eine kühle Nüchternheit aus, in der sie keine Weihnachtsstimmung entdecken konnten. Aber Hauptsache, Martin und Reiko Pratzel waren zufrieden. Pratzel steckte Niko sogar einen Schein zu.

»Anscheinend kann man mit Kunst doch gelegentlich etwas verdienen«, sagte Niko.

Endlich war er allein mit Merrit. Alles war für die morgige Vernissage, die feierliche Eröffnung der Ausstellung, vorbereitet. Im größten Raum an der Wand stand ein Tapetentisch voll polierter Sektgläser bereit, und im Kühlschrank warteten die Zutaten für die Häppchen, die Merrit den Gästen servieren sollte. Sie mussten nur noch abschließen.

»Ich bin völlig erledigt«, stöhnte Merrit.

»Aber ehe wir nach Hause gehen, möchte ich dir noch was zeigen«, bat Niko und nahm sie bei der Hand. Widerstrebend folgte sie ihm in den Keller. Ihre Füße schmerzten bis hinauf in die Knie. Doch was sie in der Rumpelkammer sah, ließ sie alle Erschöpfung vergessen.

Niko hatte den Scheinwerfer im großen Raum, der eine gewaltige Skulptur beleuchtete, ausgeschaltet. Dafür brannte hinter der Gittertür zur Rumpelkammer ein warmes Licht. Merrit folgte seinem Schein und erblickte den Stern von Bethlehem. Niko hatte ihn aus Lochblech um eine Glühbirne herum gebogen, so dass seine Zacken freundliche Kurven aufwiesen. Über den Löchern im Blech klebten goldbraune Glasscherben von alten Bierflaschen, daher das sanfte Licht.

Der Stern beleuchtete die Landschaft, die Merrit schon am ersten Tag gesehen hatte, doch nun war sie bevölkert. Tannen aus Draht und grünem Papier standen in Grüppchen auf den verschneiten Hängen, hier und da auch ein kahler Drahtbaum, auf dem sich ein winziger Vogel ausruhte. Neben der Figur mit dem Mantel aus Sandpapier stand eine zweite, kleinere mit langen braunen Haaren und einem feinen Frauengesicht. Beide beugten sich zärtlich über eine Krippe, die aus einer alten, vom vielen Gebrauch glatt und rund geschliffenen Holzschaufel gefertigt war. Niko hatte den Stiel abgesägt und daraus Beine für das Schaufelblatt gemacht. In diesem ruhte behaglich und mit einem geheimnisvollen Lächeln das Jesuskind. Dass sein Heiligenschein aus vergoldetem Blech gefertigt war, minderte seine Würde keineswegs. Vielleicht deshalb knieten die drei Könige mit Kronen aus Büroklammern so andächtig davor. Sie trugen Mäntel aus einem tiefroten Stoff, der schon einmal ein Putzlappen gewesen war, mit einer Haltung, die sie auch ohne die Kronen als

Könige ausgewiesen hätte. Die Mäntel hatten sogar Kragen aus weißem Pelz. Merrit erkannte erst bei genauem Hinsehen, dass es sich auch hier um weiß gesprühte Sägespäne handelte. Seltsam waren die Gaben, die sie dem Jesuskind darboten: Einer trug eine glänzende Rolle, in der sich ein Maßband befand, ein anderer ein Teppichmesser, dessen Klinge silbern aufblitzte, der dritte eine goldfarbene Wasserwaage. Doch der Ernst ihrer Mienen machte dies wieder wett.

Auch zwei Schäfer gab es; ihre wollenen Gewänder hatte einmal jemand als Socken an den Füßen getragen, und sie lehnten sich auf Stöcke, deren Spitzen Pinselhaare schmückten. Die watteweichen Schafe sprangen lustig auf Drahtbeinen in der Gegend umher und machten große Stecknadelaugen.

Ochs und Esel fehlten auch nicht, rund und behäbig waren sie, aus grauem Filzteppich gebogen. Aufmerksam richteten sie große Ohren auf die Gruppe um das Jesuskind.

Engel in zarten Hemden aus Fliegengittergaze trieben sich umher, einer schwebte auch über der Szenerie; der Nylonfaden, mit dem er am Stern befestigt war, blieb unsichtbar.

»Oh, Niko, das ist die zauberhafteste Krippe, die ich je gesehen habe!«, flüsterte Merrit, als wolle sie das

Kind nicht wecken und die beiden Rehe aus Zahnstochern und einem braunen Schwamm nicht verjagen, die scheu am Rande der Landschaft standen.

Niko strahlte. »Davon sollst du heute Nacht träumen«, sagte er. »Und jetzt komm nach Hause, wir müssen morgen fit sein.« Martin Ostertag hatte ihn gebeten, auch bei der Vernissage zu helfen, den Gästen die Mäntel abzunehmen, sowie dafür zu sorgen, dass der Sekt nachgeschenkt wurde und immer saubere Gläser da waren.

Sie schalteten den Stern aus und ließen die Landschaft in der Dunkelheit ihres Verstecks zurück.

Am nächsten Abend herrschte ein Betrieb in der Galerie wie sonst nie. Die Skulpturen waren kaum zu sehen vor Menschen, die sich gegenseitig auf die Füße traten, was der Stimmung aber keinen Abbruch tat. Niko musste viele Gläser nachfüllen und abwaschen, und die Häppchen verschwanden mit erschreckender Geschwindigkeit von den Platten, die Merrit herumreichte. Es wurde gelacht und gefachsimpelt und mehr über Enkelkinder und Weihnachtsgeschenke als über Kunst geplaudert.

Doch nach einiger Zeit wunderte sich Merrit. Niemand hatte seinen Mantel aus dem kleinen Nebenraum geholt, den sie zur Garderobe umfunktioniert hatten.

Trotzdem leerten sich die Räume, und die Menschenmenge wurde übersichtlich. Reiko Pratzel beschrieb mit ausholenden Gesten die Bedeutung einer Skulptur, ohne dass ihm jemand zuhörte. Er brach ab und sah sich um.

»Wo sind denn alle?«, fragte er irritiert.

»Wahrscheinlich bewundern sie Ihre große Skulptur im Keller«, sagte Merrit beruhigend und warf dann Niko einen erschrockenen Blick zu. Sie zog ihn am Ärmel beiseite. »Hast du etwa den Stern in der Rumpelkammer eingeschaltet?«

»Wo denkst du hin. Ich hab sogar die Gittertür zugemacht, und dahinter ist nur das Gerümpel sichtbar.«

Doch irgendjemand musste an den Schalter gekommen sein, der sich außen neben der Tür befand. Als Merrit mit einer Platte Rollmops vorsichtig die Stiege hinunterging, sah sie das warme Licht aus der Rumpelkammer, davor die Menschenmenge, die sich in die Türöffnung drängte und bemühte, einen Blick hinein zu erhaschen.

Pratzels Skulptur stand währenddessen einsam im anderen Gewölbe.

»Wunderbar, einfach wunderbar«, hörte sie eine Männerstimme schwärmen, die ihr entfernt bekannt vorkam. »Die Skulpturen sind mächtig und großartig, aber das hier berührt mich.«

»Passt auch viel besser in die Jahreszeit«, pflichtete ihm eine Frau bei.

Ein beleibter Mann zwängte sich aus der Kammer. Merrit erkannte Herrn Guntermann, den Besitzer des großen Möbel- und Teppichgeschäfts am Marktplatz. »Martin«, schnaufte er, »Martin, wer hat das gemacht?«

Auch Martin Ostertag hatte einen erstaunten Blick auf die Krippe geworfen. Suchend blickte er sich um. »Merrit, warst du das?«, fragte er.

»Was gibt es da zu sehen?«, sagte Reiko Pratzel und drängte sich auch in die Kammer.

Merrit hielt den Atem an. Pratzel war für seinen Jähzorn bekannt, und es wäre ganz schlechte Publicity für Martin Ostertag, wenn sie Pratzel verärgerten. Immerhin hatte der eine Skulptur vor dem Bürgermeisteramt stehen.

Für einen Moment herrschte Stille, die bald von einem Schnauben beiseitegefegt wurde. Merrit zuckte zusammen und tauschte einen entsetzten Blick mit Ostertag. Doch dann begann Pratzel zu lachen. Im Gewölbe klang es wie ein unterirdisches Grollen. Sich die Tränen aus den Augenwinkeln wischend, tauchte Pratzel hinter den Gerümpelbergen auf. »Nicht ganz mein intellektuelles Niveau«, sagte er, »aber beachtlich, durchaus beachtlich!«

Erleichtert grinste nun auch Martin Ostertag. »Merrit …«, begann er.

»Nein«, sagte Niko, der mit vollen Gläsern die Stiege hinuntersauste, so schnell das möglich war. Eilig drückte er Pratzel eines in die Hand. »Merrit ist nicht schuld, ich war es. Es tut mir leid!«

»Leid, leid! Unsinn!«, sagte Herr Guntermann, der seine Leibesfülle nutzte, um sich wieder nach vorn zu drängen. Er griff sich einen Rollmops. »Das ist wunderbar. Ich möchte Ihnen ein Angebot machen. Glauben Sie, man kann das transportieren?«

»Die Krippenlandschaft? Darüber habe ich nicht nachgedacht«, sagte Niko verblüfft. »Wenn man vorsichtig ein Blech oder dünnes Brett darunter schiebt, müsste es schon gehen. Kleine Schäden lassen sich leicht reparieren. Wieso?«

»Das wäre die perfekte Weihnachtsdekoration für mein Schaufenster«, erklärte Herr Guntermann. »Besonders wenn man bedenkt, was die Könige dem Jesuskind bringen. Maßband, Teppichmesser, Wasserwaage. Wunderbar! Ich will endlich mal was Originelles. Plastiknikoläuse und Rentiere mit roten Blinkenasen haben meine Kunden satt bis obenhin. Und außerdem«, er drehte sich um und zwinkerte Pratzel bedeutungsvoll zu, »entspricht das nicht meinem Niveau!«.

Pratzel sah geflissentlich darüber hinweg und klopfte Niko betont leutselig auf die Schulter. »Verlangen Sie am besten einen unverschämt hohen Preis«, riet er. »Dann wird man auch Ihre Werke für Kunst halten.«

»Ach was«, sagte Niko. »Das wird mein Weihnachtsgeschenk an die Stadt. Mit dem Jesuskind macht man keine Geschäfte.«

Merrit lehnte sich zufrieden an ihn. Noch nie hatte ihr eine Vernissage so gut gefallen. Das lag nicht daran, dass sie selbst ein bisschen zu viel am Sekt genippt hatte. Es tat so gut, die Sorgen einen Abend lang zu vergessen. Und sie war stolz auf Niko.

»Na, vielleicht hab ich was Besseres als Geld«, murmelte Herr Guntermann und quälte sich mit geheimnisvoller Miene die Stiege hinauf. Er war Geschäftsmann. Er hatte seine Ohren stets offen und wusste, was in der Stadt los war. Von der Pleite der Klempnerei hatte er gehört, und da er gelegentlich selbst seinen Sohn aus dem Kindergarten abholte, waren ihm auch die Sorgenfalten auf Merrits Stirn nicht entgangen.

Oben plünderte er eine Käseplatte und zog seinen Freund Leissner am Ärmel. »Sag mal, brauchst du nicht einen Dekorateur für das Kaufhaus? Du jammerst doch immer über die Preise und die Unzuverlässigkeit dieser Firma, die von auswärts kommt.«

So kam es, dass Niko noch vor dem Heiligen Abend genug Geld besaß, um Merrit den Ring und das Versprechen zu schenken, das er ihr schon lange hatte machen wollen. So kam es, dass sie ihre Heimat nicht würden aufgeben müssen, sondern hoffen durften, dass auch ihre Kinder einmal in den Burgruinen spielen würden. Und so kam es, dass die Menschen der kleinen Stadt in der Vorweihnachtszeit tief berührt vor einem Schaufenster am Marktplatz standen und auf das Jesuskind schauten. Im warmen Licht eines Sterns aus Lochblech und Bierflaschenscherben lächelte es drei Könige in Mänteln aus einem Putzlappen und mit Kronen aus Büroklammern geheimnisvoll an, als sei alles möglich.

Reiko Pratzel aber konnte diese Vernissage nicht vergessen. Er war sich sicher, dass sich seitdem in seinen Stil etwas Unseriöses eingeschlichen hatte, das er nie wieder loswurde.

Inhalt

Patricia Koelle

Das Meer in deinem Namen

Roman

Band 03188

Ein Buch wie warmer Sand am Meer.
Wie das Rauschen der Wellen im Ohr.
Wie Sonne auf unserer Haut.

Carly soll ein altes Reetdachhaus an der Ostsee für den Verkauf vorbereiten. Vier Sommerwochen hat sie dafür Zeit. Für Carly die Chance, sich ihrer Angst vor dem Meer zu stellen und Abstand von ihrer unmöglichen Liebe zu gewinnen. Doch schon bald fühlt sie sich der Frau, die in dem Haus gewohnt hat und der sie sehr ähnlich sieht, seltsam nahe …

»Ein Juwel am Bücherhimmel!«
Irve, online-Rezensentin

Das gesamte Programm gibt es unter
www.fischerverlage.de

fi 03188 / 1

Patricia Koelle

Das Licht in deiner Stimme

Roman

Band 03297

Die tiefen Wellen des Meeres.
Die leise Stimme der Sehnsucht.
Die langsame Rückkehr zu dir.

Tiryn wächst an der Küste Floridas auf. Wenn sie Kummer hat, lauscht sie am liebsten den Geschichten ihres Großvaters Nicholas von seiner Heimat, dem schmalen Land an der fernen Ostsee. Bald wünscht sich Tiryn nichts sehnlicher, als dorthin zu reisen. Doch ist es ihre eigene Sehnsucht oder die ihres Großvaters? Und wie wird man sie in Ahrenshoop empfangen, wo Nicholas als Verräter gilt? Das Meer selbst und ein Fremder mit hellen Augen, den sie am Strand trifft, drängen sie zu einer Entscheidung …

fi 03297 / 1

Patricia Koelle

Wenn die Wellen leuchten

Roman

Band 29761

Rhea lebt auf der Nordseeinsel Amrum. Ihren Vater hat sie nie kennengelernt. Nicht einmal ihre Mutter weiß seinen Namen. Rhea ist ein Kind der Insel und kann sich nicht vorstellen, woanders zu leben. Doch da taucht ein Brief ihres Vaters auf. Rhea zieht los in die Ferne, um ihn zu suchen – und ihre große Liebe. Aber schon bald sehnt sie sich nach dem Geruch von Tang, Salz und Leben in der lichterfüllten Weite des Watts zurück. Wird sie dennoch etwas über ihre Herkunft erfahren? Und ihre Liebe finden?

Der Beginn der großen Nordsee-Trilogie
von Spiegel-Bestseller-Autorin Patricia Koelle!

fi 29761 / 1

Patricia Koelle

Die eine, große Geschichte

Roman

Band 29601

Wenn nicht jetzt, wann dann?

Er fährt einen gelben Berliner Doppeldeckerbus. Er ist Busfahrer mit Leib und Seele. Doch eines Tages stellt Kalle seinen Bus ab und lässt sein bisheriges Leben hinter sich. Auf seiner Reise in Richtung Meer, in der er den Wolken folgt, sucht er die eine, große Geschichte, die alle schönen Dinge der Welt beschreibt. Doch er entdeckt nicht nur Worte, sondern trifft auch besondere Menschen – darunter eine Frau, deren Lächeln sich in seinen Gedanken festsetzt. Wird Kalle in den Wassern und Stränden des Nordens seine *eine, große Geschichte* finden?

fi 29601 / 1